天正女合戦

海音寺潮五郎

目次

天正女合戦

お茶々殿

一

星ひとつ見えぬ夜のやみも、これほど黒くはあるまい。船いっぱいに白い鳥が群がったように、さまざまな形をした帆を海風にはらまして堺の港にはいってくる南蛮の船のもたらすビロードとて、これほどのやわらかさをもつまい。いかばかりたくみな花つくりの手になったものであろうか。薄霜の白さに粉をふいた青竹の筒が魔法のように二つにわれると、漆黒のその花は白銀の露をふくんで小さくふるえながら現われた。

「まあ」

千《せん》の宗易《そうえき》の娘、お吟は、恐怖に近い驚きの声をあげて、美しい目をみはった。

「そもじとて、かような花ははじめてであろうの」

日ごろつつましい北の政所《まんどころ》の顔にも、さすがにつつみきれない誇りの色があった。

「ゆり、これがゆりでございましょうか」

お吟は手を触れようとして、あわててひっこめた。見れば見るほど美しい花である。

見ているると魅入られるような妖気《ようき》さえもっている。

「ゆりです。黒ゆり。生けてたもろうの」

「かほどふしぎな花、ついぞ聞いたこともござりませぬ。父とても見たこともござりますまい。異国のものではござりますまいか」

茶博士の娘として、やっと立歩きのできるころから、この道に修練を積んでいるお吟ではあったが、このふしぎな花の前には、日ごろの自信もゆらいだ。

「いいえ、やはりこの国のもの。けど、そもじのほかには、よう生ける人はありませぬ」

「…………」

「たのみます」

こうまで言われては引受けるほかはないとも思ったが、やはり自信がなかった。

「わたくしではとても……父に仰せつけくださりましたら、あるいは……」

「ほほほほほ、気の弱いことを言やる。生けてたもれ。でなくば帰しませぬぞ」

お吟はこの時二十一であった。のちの利休居士、千の宗易の娘で、はじめ堺の富商万代屋《もずや》に嫁《か》したが、夫に死に別れてからは、実家に帰ってきて、大坂城の大奥に出入りして、女中たちに茶の湯を教えているのである。きょうは、政所《まんどころ》から急ぎのお召しによって、出仕すると、あす、お茶々殿を招待して茶の湯を催そうと思うゆえ、ゆりを生けてたもれと言われたので、なに心なく引受けたところ、この始末なのである。

「いったん引受けておいて、さようなことを言うてくれては困ります」

政所はおこったふりをしてみせた。それがたわむれであることは、お吟にもわかっていたが、しかたがなかった。

「では、お生けいたしまするが、不できでございましても、おしかりくださりませぬよう」

「やれやれ、やっと承知してくれましたか。ほねのおれたことの」

政所はほっとしたように笑ったが、ほれぼれと花に見とれているお吟を見ると、微笑して言った。

「引受けてくれたごほうびに、教えてあげます。この花は越中の深山大汝山《おおなんじやま》の地、千《せん》蛇《じゃ》ガ池に自生する花のよし、佐々成政《さっさなりまさ》殿がわざわざ……」

政所がここまで言ったとき、隣の室から、秀吉の愛妾である三条殿（蒲生氏郷《がもううじさと》の妹）がつとはいってきて、

「政所様」

と言ってすわった。見ると、美しい顔をきびしくひきしめている。政所もはっとしたように、しばらくためらう様子だったが、すぐ微笑して、

「いいえ、かまいませぬ」

と言って、また、お吟のほうを向いて話しつづけた。

お吟は、もう聞かずともわかっていた。佐々成政がお礼のために献上したのである。成政はこのたび、五千石のお伽衆《とぎしゅう》から肥後五十万石の領主にばってきされた。元来、成政は秀吉と同じく織田家の家臣で、信長の死後、秀吉と張り合って天下を争わんとして、戦い敗れて降伏した男である。本来ならば斬首《ざんしゅ》すべきで、旧領の一部を与えお伽《とぎ》衆《しゅう》として側近に召し使うですらすぎた寛大さなのに、なにゆえ、これほどのばってきをしたか。それは、秀吉自身が、成政の猛勇を利用して、新附のしかも有名な難治国である肥後を治めさせようとしたためでもあるが、一方、北の政所のとりなしが大いにあずかっているのだ。政所と成政とは、同じ織田家の家中に育って、昔からの知合いであるし、成政自身もその意を迎えるようにつとめていたのである。このゆりの花は、成政がその謝礼のために、旧領の越中からわざわざ取寄せて献上したのである。

さかしいお吟には、これだけのことは政所の説明を待つまでもなくわかったが、不安は三条殿のふしぎな態度であった。

（たしかに、三条殿は政所様のおことばを止めようとなされた。政所様もごちゅうちょの様子だった。なぜ、これしきのことを打明けなさるのに、ああまでごちゅうちょなさるのだろう）

すると、さらに不思議なことが起った。話し終った政所が、妙にひきしまった顔をして、じっとお吟を見つめて、こう言ったのだ。

「そもじは、帰りにお茶々殿のほうにうかがいますか」

微笑に似たものが口許にただよってはいたものの、異様に真剣な目の光であった。もちろん、お吟は同じ城中のことではあり、そちらに回るつもりでいたのが、こんな態度で問いかけられると、返事をするのがためらわれた。黙っていると、政所は、

「回るのでしょうね」

と、重ねて聞いた。

「おうかがい申すつもりでおりますが、ぜひ参らねばならぬというほどの……」

「いいえ、行って悪いというのではありませぬが」

政所は、今のは目のあやまりであったかと思われるくらい、にこやかな顔になって言う。

「実はね、こういうわけなのです。あすの催しは、このゆりの花をお茶々殿にお見せして、びっくりさせてあげたい趣向なのです。ですから、そもじ、お茶々殿のところに行っても、花のことは黙っていてたもらぬか」

これはもちろん、お吟も考えていたことだったので、そう言うと、政所は満足げにうなずいた。

「そもじほどの人に、あらためて言うまでもないこととは思いましたが、つい年寄りの気が回っての、笑うてくりゃれ」

その時、またひとりの女がはいってきた。これも秀吉の愛妾加賀殿（前田利家の娘）である。

三条殿は大柄なゆたかなからだつきで、ほんの少し赤みがかった髪がたっぷりと多くて、抜けるほど色が白くて、湯気立つような顔色や、そのうるんだ目や、いつもぬれているような赤い大ぶりなくちびるや、秀吉のような小男が見たら、むしゃぶりついて、ねじ倒さないではおられない気がするにちがいなかった。ところが、加賀殿はこれとはっきりと反対の型だった。やせてこそいないが、小柄である。色も三条殿とくらべては白いとはいえない。顔も一つ一つの輪郭がかっきりとしまって、もし、そのからだのどこへでもさわってみたら、新しいゴムまりのような強い弾力を感ずるにちがいない。最もみごとなのは目である。くっきりと上に弧を描いた張りの強い目は、女にしてはするどすぎるくらいな強い光をたたえて、実に活潑に動いて、感情の一陰一影によってその色がちがってくるかと思われるほどである。

「だめでございます」

加賀殿は、そのみごとな目でにらむようにお吟を見て叫んだ。

「だめ？」

政所は微笑して加賀殿を見た。

「だめでございますよ。お吟を帰してはだめでございます。お茶々殿のこと、ちゃんとさぐりを入れて、きょう、お吟がここにまいったことを知っていなさるにちがいありません。そこにお吟が行けば、得たりかしこしでお聞きなさるは知れたこと。そうなっては、お吟がいくら言わぬつもりでいましても、お茶々殿の口先、言わずにおられなくなるのは必定でございます。それゆえ、お吟にはきのどくですが、あすの催しのすむまで、こちらに泊ってもらうがよろしゅうございます」

「ほほほほほ、きついことを言やる」

政所は笑ってお吟のほうを向いた。

「そもじ、どうおしやる。加賀殿はああいうてござるが」

もちろん、これは問いの形式をとった命令である。

「いずれとも、御意のままに従いまする」

うつむいて答えた。

「そう。では、きのどくですけれど、そうしてくりゃれ。それに、懐石の献立も頼みたいと思いますし」

「かしこまりました」

お吟の心は重かった。お吟とて、おとめではない。夫を持つ女の悲しい苦しいしっと。の心を知らないではなかったが、女のかがみとまで世間でも言っており、自分もいつも接してそれを疑わなかったこの人にも、あさましい女の弱さがあろうとは思いもかけないことだった。また、かねてうすうす聞いていた秀吉の妻妾《さいしょう》が二派に分れて反目していることが、事実であることを知って驚いた。

二

さまつたけ
はつなす
じゅんさい
ゆうがおのみ

人を遠ざけてもらって、しんとした茶室である。

書いては消し、書いては消し、献立の案に筆の軸をほおに押しあてて打ち案じていたとき、ふと、人のけはいがした。なに心なくふり返ると、入口に、大かたびらにだらしなく帯を巻きつけた秀吉が立っていた。ぎょっとして平伏すると、つかつかとはいってきた。

「なにを書いている。恋文《ふみ》か」

大きな声で言う。

「いえ、あの」

切れ長の目を伏せて、細面の顔にぽっと血の色を散らして、両手でしっかりと紙を押えて言うと、

「見せろ、かくさんでもいいではないか」

「いいえ、これは……」

「さ、見せろ、かくすとなお見たい。恋文でないとすれば、かくすことはないではないか、恋文であったとて、いいわさ。そちも若後家のこと、ときにはねやさびしく思うも無理とは思わん。見せろ。さほどにほれた男があるならば、余がなこうどして添わしてやろう……はは、はは、はは。なこうどしようと言うたら、すぐ見せおったな。どれ……さ、ま、つ、た、け、は、つ、な、す、……はは、はは、はは、恋文ではないのか。が、さすがは争われぬ若後家じゃわ。へんなことを書きおったの」

「おたわむれを……」

男を知っている女の大胆さである。薄くほおを染め、美しいまつげをぱっと上にはねあげて、無意識のこびで微笑して見上げたが、無遠慮な秀吉の目に合うと、なぜとはなしに、おびえてうつむいた。

「はは、はは、はは」

秀吉は高笑いしながら、不思議なものを見るように、ふっさりと切り下げた髪を見つめていたが、にわかにその目が輝いて、笑いをやめた。

異様な空気を感じてお吟が身をひこうとしたときは、もうおそかった。秀吉の腕がお吟の肩をひっ包んで、きらきらと光る目と、異様に赤くなった小さい顔とが、目の前に迫っていた。

「お離しくださりませ、お離し……」

はげしい怒りを感じながらも、大きな声で救いを求めることのできないのがくやしかった。

「騒ぐな。そちもきむすめというではないではないか」

自分を拒む女があろうとは思いかけぬことだったので、お吟の低い声は、欲情をあおる媚態《びたい》の一つとしか考えられなかった。

「いいではないか。そもじとて、バカ堅く後家をたててとおすつもりはあるまい。わしの言うことを聞け。悪いようには計らわぬ」

と、言いつづけた。

だが、なんということだ。蒼白《そうはく》な顔にいちまつの血の色をはき、きりきりと歯をかみならしたお吟は、猛然として反抗しはじめた。花びらのようなこばながふるえて、はげしい呼吸をきざみ、肩も小さな腕も必死にもがき動いた。意外であっただけ、秀吉はいっそうはげしい誘惑を感じた。もう口はきかなかった。お吟も無言であった。ふたりはややしばらくの間、ねじ倒そうとし、つきのけようとして、はげしい息をからまして組み討ったが、まもなく、老体の秀吉は疲れてきた。そのうえ、どうやらこの狩猟は不猟に終るらしいと見きわめがついた。とすれば、秀吉たるもの、関白の名誉のためにも、器用な引込みをつけねばならぬ。機会はまたあとでもあろうというものだ。

「はは、はは、はは」

手を離して、秀吉は哄笑《こうしょう》した。そのせつなに、お吟はもう庭に走りだしていた。ふり返って見もしない。わずかに二三輪のおそ咲きの花がこずえに見えるやまぶきのしげみを回り、かえでの植込みの間を抜けて、とけかかった赤い帯を引きずりながら、ころがるように逃げていくのである。

「はは、はは、はは」

夕日がさし込んで、金色のほこりがもうもうと舞い立っている中に、秀吉は哄笑していたが、お吟の姿が見えなくなると、断ちきるように笑いやんだ。にがりきった顔をしていた。

お吟は夢中だった。樹木があれば樹木を、石があれば石を、壁があれば壁を、突き当たりそうにしては無意識に避けて走りつづけた。どこをどう走ったか、まるで無我夢中だったが、しだいに気が静まってくると、いつの間にか、お茶々殿の御殿のほうに来ているのに気がついた。見覚えのある庭木がある。泉水がある。庭石がある……。お吟は政所のことばを思い出したが、秀吉がまだいるにちがいないところに引返す気はしなかった。秀吉の引上げるまで忍ぶつもりで、なんてんのしげみのかげになったところに身を寄せて、着物の乱れを直し、髪をかき上げていると、そばの丸窓の中で人のけはいがした。はっとして身を堅くしたとき、

「だれじゃ」

りんとした声がして、さらりと障子があいた。隠れるまもなかった。まともにお茶々殿の顔と合った。お茶々殿の顔は、お吟が今まで見たことのないほど険悪であったが、すぐ、花の咲くように美しくえみこぼれた。

「お吟ではないかえ。どうしました、そんなところで。おやおや、たびはだしで。まわって足を洗ってお上り……いいえ、たびさえ脱げばいいわけですね。さ、縁にまわって

お上り……。なにをぐずぐずしております。茶々のところに来て遠慮気がねをすることがありますか。茶々はうらみますぞえ」

お茶々殿は、相手に返事するまもあたえず、上に招じ上げた。

三

この時まで、お茶々殿ははげしい不安と焦躁《しょうそう》の中にいた。お茶々殿はこの時やっと十七歳で、秀吉の寵愛《ちょうあい》を受けるようになったのも去年からのことであるが、信長をおじに持ち、浅井長政を父に持ち、柴田勝家を養父に持つ家がらの高さと、そのすぐれた才気と、かがやく美貌とをもって、数多い秀吉の側室をしのいで、正室政所につぐ地位にあるのであった。

数奇《さくき》をきわめた今までの生涯《しょうがい》からいえば、これをもって満足すべきであったろうが、後年には驕慢《きょうまん》の感さえあった勝気な性格はこのころからすでに現われて、政所との間に暗闘がくり返されたのである。もっとも、この争いは政所からしかけられたともいえる。政所はこのころすでに四十歳をこえていたから、最初のほどはおのれの孫にも等しい年のお茶々殿と角目《つのめ》立つことは欲しなかったにちがいないが、三条殿や加賀殿はそうはいかなかった。秀吉の心が日に日にしんまいのお茶々殿に傾いていくのを見ると、しぜんに政所を中心に結束して、これに対抗した。こう出られておとなしく引込んでいるお茶々殿ではない。一の攻撃に対しては二の反撃をもって報いたろうことは、想像に難くはない。こうなれば、政所も心からお茶々殿をにくいと思ったであろう。押えていたしっとも動いたであろう。反目は激化せざるをえなかった。

お茶々殿は、けさがた、政所からの招待を受けたときから、この茶会はただごとでないと直感して、お吟の帰ってくるのを今か今かと待った。だが、お吟は昼になっても、夕方近くになっても来なかった。見張りの者の報告では、退出した模様はないという。念のために自宅に聞きにやると、今夜は北の御殿に泊るといってきた、という返事である。お茶々殿は、直感の的中したことを確信するとともに、不安と焦躁はいっそう激しくなった。恥かしめられ、負けることより、むしろ死を選ぶことを欲する彼女は、あすのことを考えると、たまらなかった。

「あれほど目をかけてやったのに」

お吟をうらんだ。にくんだ。裏切り者とののしった。今度来たらののしってやる。いいや、殺してやる、とまで思った。お吟を見つけたとき、お茶々殿はこんな心の状態でいた。しかし、お吟がたびはだしでいるのを見ると、一瞬にして怒りはしずまった。

（この女は、密告するために来てくれた）

さらに、そのおどおどしているのを見て、

（ここまで来てためらっている）

と思った。

その心のひもを解かせようと心をかためた。

「さあさ、お上り。おお、いたいたしい素足で。そもじの足の美しいことの。茶々がたびを取らせよう。大きさも同じような。……これ、たびを出してきや」

まだおとめのなごりの残っているような清らかなほおに、えぐったように深いえくぼをきざみ、驚くばかりにいきいきと動く目を、あるいは細め、あるいはみはり、自在に表情を駆使しながら、お茶々殿のことばはなめらかに流れた。

「さ、これをはきゃ」

女中の持ってきたたびを、わざわざ自分の手から与えた。そして、相手がおそれいって平伏したままであるのを見ると、身をすり寄せてきた。

「茶々がはかしてあげましょうかえ」

お吟はますますおそれいって、しりごみした。

「もったいない、もったいない……」

思いもかけぬことばかりの続出に、頭はしびれたようになって、うろうろとくり返すばかりであった。

「なんのもったいないことがあろう。茶々はよそめこそよい身の上に見られていますが、不幸な不幸な身の上。実の父様《ととさま》は現在のおじさまに滅ぼされ、養い父を滅ぼした人のおもいものになっている身の上、なんのよい身分であろうぞえ。茶々の身ほどあさましい身が、またとあろうか」

と、美しい目に涙をたたえた。

「茶々は毎日毎晩、泣いていますぞえ。茶々は勝気な女、にぎやかな女と人には言われていますが、それは人前だけのこと。人のいぬとき、茶々は弱い弱い女。わが身の不幸、わが身のあさましいさだめを泣いています。ただ、ただ、この悲しみの中で、茶の湯だけがたった一つの楽しみ、たった一つの慰め。茶の湯をするとき、茶々はわが身の不幸も、わが身のあさましさも、みんな忘れてしまいます。それを教えてたもったは、皆そもじ。そもじのおかげで、茶々は生きていけます。そもじと茶々とは、たった四つしかちがいませんが、茶々はそもじを母様のように思うています。いいえ、いいえ。もったいないと言うてはなりません。そもじは顔形さえ茶々のかかさまに似ています。かかさまも、そもじのように美しい人でありました」

お吟は、むしろろうばいした。どう言ってよいかわからなかった。からかわれているのではないかという気もしたが、お茶々殿の様子を一目見ると、そう思った自分があさましくなった。ふこうともしないお茶々殿の目には、あとからあとからと涙があふれてくるのであった。

「そもじひとりが、茶々の悲しみを知ってくれる。そもじひとりが、茶々をなぐさめてくれる。茶々を捨ててくれますまいぞ……」

「命もさしあげまする。御方《おかた》様のためには……」

胸がせまって、そういうとともに、せきを切ったように涙があふれてきた。ふたりは向い合ったまま、さめざめと泣き続けた……

「もうやめましょう。かえらぬ繰り言。茶が好きになる運命であったのでしょう、名も茶々とついていています。ほほ、ほほ、ほほ」

お茶々殿は笑った。そのさびしい笑いに、お吟はまた悲しみをそそられた。

「お吟や」

やがて、お茶々殿は呼びかけた。その声は非常に静かなものであったし、思うさま泣いたあとのなごやかな気持であったにかかわらず、お吟はなんとなく心をひきしめねばならないようなものを感じた。

「そなた、きょうは政所様のところに行きましたね」

「はい」

お吟は覚えず目を伏せた。お茶々殿はそしらぬふりでつづけた。

「お茶々はお招きを受けていますの。そのしたくのためでしょう」

「…………」

「どんなご趣向なのでしょう」

「…………」

「聞かしていただくと、茶々にはつごうがいいのだけど」

「別段に……ただ、いつものとおりのおしたくでございます」

「そうかえ」

お茶々殿はそう言ったきり、黙ってしまった。いつまでもいつまでも黙っている。

不安になっておずおずと見上げると、お茶々殿は目にいっぱい涙をためて、夕日のさしている庭の木立を見つめている。はっとしたとたん、お茶々殿はふり向きもせず、うって変ってつめたい声で言った。

「もうよい。お帰り」

「…………」

「お帰り」

おだやかな声ながら、依然としてつめたい声である。お吟はおろおろした。

「お帰り、以来はふっつりと来ていりませぬ」

「御方様」

「お帰り」

「御方様」

「お黙り！」

鋭く叫んで、お茶々殿ははらはらと涙をひざに落した。

「逆縁ながら、師弟の縁もきょうかぎり切ります。主従の縁もきります。茶々はこれほどまでに、そもじをたよりにしているのを、そもじはわたしに心をへだてています。いいえ、それだけではありませぬ。茶々が恥かしいめ、悲しいめ、みじめなめにあおうとしているのに、救おうとせぬ。そんな師弟があろうか。そんな主従があろうか。茶々は生れついての不運者、こんな不運者についていては、末始終のためになるまいとは、よう気づきやった。よう見限りやった。よう見限りやった。さすがそなたは利発者。ええ、ええ、茶々にはわかっています。政所様のお口止めがあったに相違ありませぬ。そなたは政所様の仰せは聞いても、茶々の言うことは聞いてくれぬお人。政所様のところにお行き。政所様のところにお行き。茶々はもう見るもいや。見るもいや。ええい！　おさがり！………」

泣きつ、うらみつ、怒りつ、果は打ちくだかれたように泣き伏して、弱々しくすすり泣く。その痛々しい声は、お吟の心をきらめく針で刺すように痛ませた。

「御方様」

涙にぬれてお吟は叫んだが、お茶々殿は答えなかった。

「御方様」

「ききとうない」

「おゆるしくださりませ、申し上げますゆえ、おゆるしくださりませ」

まもなく、お吟はしおしおと北の御殿にかえっていった。さいわい、秀吉も、もういなかったし、女中もだれも気づいた者はないようであったので、いくらか安心して前の座敷にすわっているると、加賀殿がはいってきた。献立はできたかと聞くのである。

「どうやら、やっとできましてございます」

新しく書いた紙を差出して説明した。加賀殿は黙って聞いていたが、不意に途中で聞いた。

「さっきはどこに行っていたかえ」

お吟は、加賀殿の顔に皮肉な色があるような気がして、胸がとどろいた。

「思案にあぐねまして、お庭先を歩いてまいりましたが、その時にいらせられたのでございましょうか」

「そう、それから」

「それからここに帰ってまいりまして……」

「いいえ、お献立のこと」

お吟はろうばいした。

「おそれいります。つい……」

「ついどうしやった……いいえ、それから」

お吟はいつまでも胸が騒いで、言いそこないばかりしていたが、加賀殿はひと言も口をはさまないで聞き終ると、

「では、よろしく頼みます」

と言って立去った。

四

人間というものは、当事者以外の者の目から見ればおろかしくたわいないようなことに、血道をあげんばかりに真剣になるものである。この黒ゆりの茶会などもそうである。珍しい花を手に入れたひろうをする、興を増すために素姓を伏せておく、というだけのことだ。よくあることであり、心の練れた人ならば、知っていても知らぬふりをして、先方のてだてにのって興を助けることもあろう。が、これは、お茶々殿のように勝

ち気な女性には、まして両者の反目が尖鋭化しているとき、できることでない。

お吟を送り出したお茶々殿は、こちらの考えたほどのいじわるいたくらみのないことを知って、ひとまず安心はしたものの、これを逆に利用して先方の鼻をあかす手だてはないか、と思案した。灯ともしころになって、やっと思案がついて、筆紙をとり寄せて一通の手紙をしたためて、女中を呼んで、

「これを治部殿《じぶどの》のところに。返しをもらってくるのです」

と言って渡した。


お茶々殿からの手紙が届けられたとき、三成は客の小西行長と対坐していた。

歴史家は、秀吉取立ての大名に文治派と武力派の二つの党派があって、あいせめいでいたといっているが、これはむしろ、閨閥《けいばつ》の争いと見たほうが適当である。つまり、幼少から秀吉に仕えて政所派になっている連中に対抗するために、新参の者はお茶々殿の周囲に集まったのである。三成はこの時やっと二十八歳の青年で、官位といっては従五位下治部少輔《じぶしょうゆう》、封邑《ほうゆう》といってはわずかに一万数千石を領しているにすぎなかったが、頴《えい》脱《だつ》の才気と、秀吉によく似ているという宏量と大胆さをもって、この時すでに十万石の

大名であった行長等を頤使《いし》して、お茶々殿派の中心人物となっていた。

「ちょっと失礼する」

三成は家来の持ってきた手紙を披見したが、すぐ筆紙をとり寄せて、返書をしたためて渡した。

「なにを申してよこされた」

三成はお茶々殿の手紙を行長に渡した。

「読んでみなさい。お茶々様らしいお手紙じゃ」

行長は読みにくい女文字をたどっていたが、手紙の意味がわかると、驚いて叫んだ。

「こりゃア無理じゃ。六日のうちになどと。それで、おぬし、なんとご返事申したのじゃ」

「承知したとしたためた」

「無法な。まにあわずば、なんとするつもりじゃ。越中からここまでの道のり、どう急いでも行きかえり十日はかかろう」

行長はまるでおこっているように、たくましい腕を分厚いひざにおし立てて目をむいたが、三成はその白いやさしい顔に微笑をうかべて、

「お花供養の日にまにあわせたいと仰せある。五日と仰せられてもお引受けせねばならぬでないか」

「………」

「十日で行ける道なら、くふうで七日で行けぬことはあるまい」

「くふうがあるのか」

「ない」

あまりにきっぱりした答えに、こちらはまたあきれたが、三成はまた笑った。

「ないが、これからくふうする。十日を七日に縮めるぐらいのことできぬことはないと信じている」

「………」

「ははははは、で、今夜はもう帰ってくれぬか」

「帰る、帰るが……だいじょうぶか」

「うまくいかなんだらそれまでのこと、腹一つですむことじゃ」

「そこまでのことはあるまいが」

「いいや、わしはできなんだら、腹を切ると書いてさしあげた」

「なんだと」

行長は立ちかけていたひざを、またおろした。

「無法な……」

「はは、はは、はは、腹は切らずにすます所存ゆえ、安心して帰れ」

「わしで役にたつことがあれば、てつだわしてくれ」

「そうだの……む。あしたでよいゆえ、おぬしの持ち馬を七八頭、いいものをすぐって貸してくれぬか。もっとも、これはもらうことになろうが……」

「心得た。帰ってすぐ届ける。ほかには」

「ない。早く帰ってほしいだけだ」

「では、帰る。……佐々め、くだらんごまをすりおって……」

ぶつぶつ言いながら行長が帰っていってまもなく、三成の屋敷から、五人の騎馬の武士が馬上ちょうちんをゆらめかしながら、流星のように飛び出した。

五

　その夜、秀吉は長い間寝つかれなかった。あれから秀吉は女たちのところを回って、いつもの軽口をたたいて人も笑わせ、自分も笑って、いつか気まずい気持を忘れていたのだが、夜にはいって加賀殿のところに遊びにいくと、加賀殿はいつもにないきびしい顔をして迎えた。はつらつとして、いつもこちらの冗談に合わせて機智に富んだ受け答えをして興をそえるこの女が、今夜にかぎって、ひどくむっつりして、ろくに笑いもしない。気になって、

「どうしたのだ。かげんでも悪いのか」

　と聞くと、

「いいえ」

　と答える。

「なにか心配ごとでもあるのではないか」

　と聞いてみたが、同じ返事である。

「どこか悪いところがあるにちがいない。医者を呼ぶがよい」

　というと、

「悪いところはありませぬ」

という。いろいろきげんをとってみたが、しまいにはめんどくさくなった。

（女というものは、扱いにくいものじゃ。また、茶々のことで、なにか気にさわっているのじゃろう）

女たちの反目を知っている秀吉は、こう判断した。だとすれば、秀吉の才智をもってしても、ほっておいて熱の下がるのを待つより手はない。

「血の道、血の道、曲直瀬《まながせ》（典医）のさじも及ばず、わしの知恵も及ばず」

心につぶやいて立上ると、加賀殿ははじめて自分のほうから口をきいた。

「おかえりでございますか」

止めるかと思って、

「む」

と答えて、またすわろうとすると、

「お帰りです」

と、次の間に言って、自分も立上ったが、つとそばに寄って、秀吉の耳もとにささやいた。

「茶坊主ふぜいの娘などに、はしたのうござります」

突然のことだったので、秀吉はいつものかったつな笑いを忘れて、ろうばいした。

「な、な、な、なに」

「おつつしみなされませと申すのです。それに、町人のお古、思うだにけがらわしゅうございます」

青白い顔に、例のみごとな目を光らせて、にらむように見すえている。

「わはは、わははは、わははは」

備えを立て直して哄笑《こうしょう》したが、相手はいっそう青くなった。さげすみきった顔をして、

「おりっぱなこと。しかも、ふられて」

とつぶやきながら、ぷいッと引返した。このあてつけは、鋭い刃物のように秀吉の心をつきさした。近年になって、万事にしんぼうがなくなっている秀吉は、あやうく爆発しそうな怒りを覚えたが、やっとのことで押えた。

「はは、はは、はは、はは、はは、ないしょだぞ、ないしょだぞ」

と、笑って、帰ってきたのだが、その時から、またお吟のことを考えはじめた。

「なんという女だ」

厚いしとねに小さいやせたからだをねせて、やわらかいあかりを受けて、煙のように見える青紗《せいしゃ》のかやの天井を見つめて、秀吉は考えた。腹もたったが、不思議だという思いが先にたった。

「死んだ夫に操をたてているのだろうか。が、それも相手によろう。だれでもないおれだ。匹夫《ひっぷ》から起って天下を取ったおれ、おそらく三千世界にも類のないだろうおれがくどいたのだ。いやをいう者があろうはずはないに……ああして又左《またざ》が娘にしても、氏郷《うじさと》が妹にしても、喜んでわしの寵愛を受けているではないか。それを、茶坊主ふぜいの娘で、町人の亡夫に操をたてて、わしをふるなど……」

どう考えてもわからないことだった。

「おやじの宗易《そうえき》めに似ているのかもしれん」

宗易の茶坊主に似合わぬ強情さを思い出して、こうも考えたが、それにしてもわからなかった。しまいには頭が痛くなって、考えまいと思って目をつぶったが、ますますいけなかった。かえって、お吟の顔が思い出されてくるのだ。はげしい息を刻む赤いひわれたくちびる、やわらかいあご、薄く肉づいた白いのど……寝返りをうつと、まぼろしはすぐそのほうに回る。右に向けば右に、左に向けば左に、目の向くほうに、いろいろな姿態をしたお吟の顔がついて回って離れないのだ。こんな気持は、久しく経験したことがない。

　身分の低かった若いころ、今のお茶々の母、お市殿に、及ばぬ恋をしたことがあるが、その時とそっくりそのままの気持だ。

「せかれてつのる恋の道というのはこれだな」

と、苦笑した。おとなげないようにも思ったし、若返ったような気がしてうれしくもあった。

「坊主めに命じて差出させようか」

と、考えた。なんでもなくできることだ。なみの茶坊主とはどこか違ったところのある宗易ではあるが、おそらく喜んで差出すだろう、と思ったが、すぐ加賀殿のことばを考えだして苦笑した。かれとても、これ以上、女たちの争いをはげしくすることには気がさした。

「女というものは、しかたのないものじゃ。加賀があれほどなら、お茶々など、どういうさわぎを起すかわからんわい……、機を待つこと。それまでは、まずありあわせですましておくか」

起き上って、三条殿のところに行った。

数寄屋

一

中立《なかだち》を過ぎたころ、しらじらと夜が明けてきた。しっとりと打ち水して、夏野のように、はぎやすすきの波打っている路地に暁の光が流れて、すずめが一羽、ぬれた飛び石の上で、子細らしく小首を傾けてはなにやらついばんでいる。

「いい気持でございますこと」

「ほんと」

「あれ、なんとかわいらしい。逃げもしませんのねえ」

お茶々殿も、加賀殿も、三条殿も、うちとけてさわやかな声で話し合っているのだが、お吟は不安でならなかった。これまでのところはなにごともなく過ぎたが、当の黒ゆりの花は後入《のちい》りになってから出ることになっている。その時、お茶々殿がどうした態度を見せるか。お茶々殿の勝気な性質を思うと、今のこのなごやかさは、あらしの前のしずけさであるとしか思われないのである。そう思ってみると、そのかがやくような微笑のどこやらに、期するところありげな心が見えるような気がする。お茶々殿だけではない、加賀殿のかっきりとしまった顔にも、三条殿の柔和な顔にも、どことなく鋭いものが秘められているように思える。この美しい人々が、まもなく、どんなに恐ろしい争いを見せるか。考えると、その場にいたたまれないような気がするのだったが、いまさらとなっては、どうしようもなかった。お吟は、はげしい胸のとどろきをおさえて、雷《らい》霆《てい》の落ちかかるのを待ち受ける人の無力さで、しょんぼり顔を伏せていた。

やがて、数寄屋《すきや》の中から案内の合図があった。

「では、お先に」

お茶々殿はあいさつして、にじり口をはいっていった。つづいて加賀殿、三条殿、お吟はいちばんあとから、人々の円座を直してからはいっていった。

はいるとすぐ、床の間に目が行った。なんの飾りもない簡素な壁床には、黒々とした花を生けた白銀の花入れがかかって、そのかたわらに置かれた燈火は、ことさらにならぬ程度に明るくしてあった。自分が生けたのであり、自分がいっさいのさしずをしたのであるのに、お吟はそれを見るに忍びないような気がして、目を伏せた。

同時に、

「まあ、美しい花」

軸わきにすわっていたお茶々殿が言った。その一言を、お吟は落雷のひびきのように感じて耳にふたをしたいほどの思いで、いっそう深くうつむいたが、お茶々殿はそれっきりなんにも言わなかった。おずおずと顔を上げてみると、お茶々殿は、美しい顔を無邪気にかしげて、しげしげと花を見つめていた。

（よかった）

あやうく涙ぐみそうな気持で、お吟が人知れぬ吐息をついたとき、お茶々殿は、炉前の政所のほうに向って、はればれとした声で言った。

「黒ゆりでございますねえ。久しぶりで珍しい花を見ますこと。北の庄（越前、もと柴田勝家居城）におりましたおり、ときどき見ましたが、こちらに来ましてからははじめてでございます」

政所も、加賀殿も、三条殿も、だれひとりとして返事をしなかった。ほんの瞬間――

ほんの一瞬間であったが、お吟にとっては言語に絶する恐ろしい恐ろしい瞬間であった。お吟は、おのれの身がこのまま石に化するかと疑った。

さすがに、政所はすぐににこやかに笑った。

「ほほほほほ、まあ、ご承知でございますの。わたくし、また珍しい花だと思いましたので、実はお自慢でお目にかけたのでございますよ。ほほ、ほほ、ほほ」

「あれ、まあ……いいえ、いいえ、珍しいお花。それに、なつかしゅうございます。ほんとに」

お茶々殿はほおをそめて言った。主人の心づくしが気づかずに卒爾《そつじ》なことを言ったのを恥じているような子どもっぽい様子を見ると、こうした場合であるのに、お吟はお茶々殿のたくましい心の働きに、身が寒くなるように覚えた。

二

お吟が退出を許されたのはもう昼に近かった。

「ご苦労でした」

とだけで、なにも言わずに、政所はかたびら二枚を引き出ものとして与えたのであった。どういうきびしいお詰問を受けるかと思っていたお吟は、かえって座を立ちそびれてぐずぐずしていると、政所はいつになく黙ったまま奥にはいってしまった。

しおしおと座を立って長い廊下をさがってくる途中だった。

わきのへやの杉戸があいて、ひとりの女中が出てきて、

「お吟様」

と呼びかけた。見ると、三条殿付きの女中である。三条殿がお呼びだという。はっと胸をつかれる思いに、胸をふるわせてついていくと、連れこまれたへやには、三条殿と、きびしく顔をひきしめた加賀殿とがすわっていた。

「少し聞きたいことがありましての」

三条殿はそう言ってから、どう言おうかと案じているようにしばらく黙った末、

「きょうの茶の湯のことです。お茶々様は、あの花のことを、よくご存じでしたねえ」

態度もことばの調子も、いつものとおりおだやかな三条殿だったが、お吟は恐怖のあまりにことばが出なかった。

「そもじも、きのうお聞きやったとおり、越中でもずっと山深いところにある珍しい

花。お茶々様が越前にいらせられたことは事実ながら、どうもわが身には不思議に思えましての」

「………………」

「もしや、そもじ、情にほだされて、お茶々様に教えてあげはしませぬかえ」

「いいえ」

やっと答えた。強い自責を感じながらも、お吟には恐ろしくてたまらなかった。

「そう、でも、不思議ではありませぬか」

「………………」

「誓いますか」

「はい」

すると、その時まで、例の強い目をまたたきもせずみはってお吟の顔を見つめていた加賀殿が、たまらなくなったように口を開いた。

「そもじ、きのう、お献立の案をしているとき、殿下がいらせられたでしょう」

お吟は驚いた。どうして、それを――燃えるようにほおがほてったが、すぐ紙のように青ざめた。加賀殿は、そのありさまを憎くてたまらぬものを見るような目でにらんでいたが、たたみかけて問いかけた。

「あの時、どこに逃げやった。まっすぐに言やれ。お茶々様のところへであろう。そうであろう。言やれ、まっすぐに言やれば、しかりはせぬ。ええい！——言やらぬか！言やらぬか！ ええい！ お茶々様にどれほどの恩を受けたればとて！ 言やれ、言やれ、言やらぬか！」

加賀殿は美しい顔を青ざめさせ、きりきりと歯をかみ鳴らし、いきなり、お吟の髪をつかんでひざに引きすえた。

「言やらぬか、言やらぬか。ええい！ 情のこわい！ この美しい顔で、このやさしそうな顔で……」

息をはずまし、声をきらして、こぶしを上げて丁々《ちょうちょう》と打ちすえた。今はもう、白状させるためなのか、しっとのためなのか、完全に理性を失っていた。

あまりのことに、三条殿はあっけにとられて見ていたが、そのうちに、興奮しきった加賀殿が懐剣のつかに手をかけたのを見ると、驚いてその手を押えた。

「加賀殿」

言われて、加賀殿も気がついた。そして、自分の心があさましくなったのだろう、ほおを染めると、お吟をつき放した。
「よい、帰りゃ、二度とご城内に足ぶみしやると、すておきませぬぞ」
お吟はうなだれて、運ぶ足も重く退出していったが、心の底にこの夫人たちをけいべ
つする心が動いてくるのを、どうすることもできなかった。
読者諸君の中には、関白秀吉の妻妾ともあろう人々が、いかにしっとにかられよう
と、こんなにはしたないふるまいをするはずはない、と考えられる人があるかもしれな
い。が、女のしっとは現代においてすら、いろいろな恐ろしい犯罪を起している。まし
て、この物語の時代は、戦国といってもよい時代である。戦国時代には、うわなりうち
ということが行われた。離縁になった前の妻が後妻のところに、友だちや一族の女たち
をかたらって襲撃して、さんざんに打擲《ちようちやく》し、後妻のほうでも徒党をこしらえて応戦す
るという風俗である。なお、一二の例をあげるなら、福島正則がかつて妻女のしっとを
挑発するようなことをして、妻女になぎなたをもって追いまわされたことがある。この
時、さすがの正則も面色土のように変じて、ほうほうのていで表に逃げ出し、家臣に
向って、『さてさて、世に女のりんきを起して、おこった顔ほど恐ろしきものはなし。

悪鬼羅刹《らせつ》とはこれなるべし』と嘆じたという。この正則の妻女は、有名な賢夫人で、かれが清洲二十万石の大名になってからも、ふだんは決して新しい着物を着ずに、夫の着物の余り布をつぎ合わせたものを着ていたというほどの人なのだ。徳川家康の祖父清康の夫人は、夫の寵愛した侍女を焼け火ばしをあてて焼き殺したというし、家康夫人にも同じような話が伝わっている。

摘み花供養

一

摘み花供養とは——

黒ゆりの茶会の催される数日前のこと、秀吉は清水寺さんけいをふれだした。大奥の女中たちはわれもわれもとお供を望んだが、人数に限りのあることとて、皆が皆許すわけにはいかなかった。すると、局《つぼね》の回廊に夏花筒《げはなづつ》をかけて、供奉を許されることをはるかに観世音に祈願することをはじめた者があって、たちまちのうちに大奥中の流行となった。こういうあそびの好きな秀吉は、これを摘み花供養と名づけて、大仕掛にやることをすすめた。その日のできばえによって、供の者を選ぶことにしようと言いだしたのである。

その前夜である。

「やれやれ、またか」

先夜と同じように小西行長と自分の屋敷の客間に対坐していた三成は、家来の持ってきた手紙を見もしないで、皮肉に微笑した。

「ご案じなされますな。今夜の子《ね》の刻までには、まだ三刻《とき》ほどござりますと言って帰せ」

家来がさがっていくと、行長は落ちつかない様子で問いかけた。

「いいのか、そう落ちついていて」

「いいも悪いも、いまさらとなって、じたばたしてもしようがないではないか。てだてだけはじゅうぶんにしておいた。これでいかなんだら、しかたのないことだ」

「しかし……」

「ははは、ははは、ははは、おぬし、見かけによらぬ小心な男だの。つまるところは、女同士のちわげんか、どうなろうとたいしたことではないわさ」

やさしい顔に似合わぬ不敵なことを言う男である。いつものことながら、行長はあきれてしまった。

(なんという男だ)

人もあろうに、自分たちの保護者である人の必死の頼みをちわげんかにすぎぬと言いはなってしまうのだ。行長は、この男の不敵さが恐ろしくなった。すると、三成はどうしてその心の動きを知ったか、依然として微笑して言った。

「おぬし、わしの心を奇怪と思うたの。が、思うているがよい。殿下こそ古今に絶したお人がらには相違ないが、そのかか衆、つまりはただの女だ、われらが女房どもとなんの変りがあるものか。殿下がお偉いゆえ、人が敬えば、おのれ自身も偉いように思いあがっているあさはかな人たちよ、はは、はは、はは」

商賈《しょうこ》の出身であるにかかわらず、生れながらの武人よりも武人らしい性質の行長には、三成のこのことばが奇怪至極のものに思われて、きびしい目でにらんだ。

「はは、はは、はは、こわい顔するのう」

からかうような目つきで、行長を見たが、不意に興奮して言いだした。

「おぬし、わしがお茶々さまを心から敬うていると思うのか。はは、はは、はは、なんの、なんの、無骨者《ぶこつ》どもが政所さまにへばりついて古参づらをしているつら憎さに、お茶々さまをかついでみたまでよ。はは、はは、はは。が、わしはお茶々さまを裏切るようなことはせぬぞ。虎や市松や、強いばかりで、知恵もなし、操守もなし、くだらん小人にすぎんゆえ、いざとなれば政所様など、はなもひっかけぬようになるに相違ないが、わしはお茶々さまを裏切るようなことはせぬ。思えば、お茶々様もたのもしい味方を持たれたものよ」

そこに、あわただしく家来がはいってきた。

「ただいま、無事に……」

「帰ったか。で?」

「持参いたしております」

「よし。では、そのままでよいゆえ、すぐにお届け申せ。これをつけて」

かたわらの手文庫を引きよせて、中から、前もってしたためておいたらしい手紙を投げてやった。

家来が立去ると、行長は興奮して問いかけた。

「ついたのか」

「うむ。これで、どうやら腹もせずにすんだような」

いつものふざけたことばの調子だったが、さすがに興奮しているらしく、薄赤く顔を染めていた。

「よかった、よかった。わしはどうなることかと……おぬしが落ちついているゆえ、安心はしていたが」

「うそを言え。おぬし、泣きだしそうな顔をしていたぞ」

「ははは、ははは、ははは。が、どうしてかような不思議な働きができるのだ。いつものことながら知恵才覚には驚く」

「驚いたかの。が、残念ながら、これは知恵の働きではない。わしの強情がとげさしたのじゃ。行きの日数はなんともしようがないゆえ、わしは帰りの日をきりつめることを考えて、越中からここまで、十里ごとに馬一匹、侍ひとりずつを置いて、当の荷物を次渡しにして走るようにはからっておいた。おぬしにもろうた馬も、それに使うたのよ。だれもこれくらいのことは思いつかんことはないが、人はやってみぬさきにできぬことにして投げる。わしはできぬはずはないと押した。たねを明かせばこれだけのこと。つまりは、持ちまえの強情が乗りきらせたのよ。はは、はは、はは。まあ、いい、酒でも飲もう。白状すれば、この日ごろ、落ちついて酒も飲めなんだ。はは、はは、はは」

酒が来て、二三度献酬すると、行長はまた言った。

「黒ゆりというもの、わしも見たかった」

「花が黒いというまでのこと、ゆりに変りはあるまい。見たところで、なんの不思議があるものか」

「が……」

「はは、はは、はは。おぬしもごたぶんにもれぬ茶の湯好きじゃったの。あんなこと、どこがおもしろいのかの。てんでわしにはわからん。ほめとうもないものをほめたり、痛いひざをかがめて、広いところでもあろうことか、こじき小屋みたいな薄暗いところにすわってみたり、いざってみたり、こけのこっちょう。おかしいは、あの無骨者殿が、しかつめらしい顔をして茶びしゃくをひねくり回して、わびじゃの、さびじゃのと、わかりもせんことを言うていることよ。おぬし、ほんとにおもしろいと思うか」

「まあいい、おぬしにかかっては、なにもかもこっぱみじんじゃ」

行長はとうとう苦笑した。行長にとって不思議でならないことは、三成ほどの才人が、そして、当時の武人としてはあさからぬ学問の素養もあり、秀吉に見いだされたのはその少年時代の茶の給仕のしかたが秀吉の意にかなったからだと言われているのに、こうした精神的なことになんの興味を感じていないことだった。かれの見る三成は、政治的なこと、それも人と人との知恵が火花を散らして争う政略的なこと以外には、なんの熱情ももっていないかのように見えるのである。

二

早咲きのはぎ、ききょう、きく、くず、あさがお、白ゆり、紅ゆり、なでしこ——われこそ御感にあずからんものと、くふうをこらした局々の廊下は、いちじに花園に化してしまったような美しさだった。

「ききょうとふじとのとり合わせは妙だの。せめて、ききょうが赤ければよかったろうに、なに、赤いききょうはない? あれば河原《かわら》に見せ物に出して金をもうけるか。はは、はは、はは」

政所と連れだって、例の軽口を言いながらずっと見てきた秀古は、ふと足を止めて、一朶《だ》の黒雲が群がったように、まっくろな花を無造作に投げ入れた大かめをしげしげと見ていたが、不意に叫んだ。

「見い。見せ物があるぞ。ゆりだぞ。黒ゆりだぞ」

一足遅れて念入りに見ては、自分自分の花びんのそばに付き添っている女中たちに、いちいちほめことばをかけながら来た政所は、はっとしてこちらを見たが、はげしいおどろきに目をみはった。なんということだ。あんなにも成政が自賛して、たった三本ほど贈ってくれた黒ゆりが、ここにはひとかかえもあるような大きなかめに、ひなびた紅つつじといっしょに、数えきれないほどおびただしく、ごくむぞうさに投げ入れてあるのだ。付き添いの女中もいない。政所は瞬間ぼうぜんとしていたが、たちまち胸にひらめくものがあって、見回してみると、はたして、お茶々殿のじっこんにしている松の丸殿（京極高次妹、秀吉のめかけ）の局の前である。火のような怒りが胸につき上げてきた。一瞬の間に、政所はまっかになり、またまっさおになった。

（お茶々殿、あなたはこうまでして、わが身に勝たねばならぬのか）

「珍しい、これは珍しい。きょうの秀逸はこれだの。うむ、これは珍しい」

無邪気にわめく秀吉の声に、胸を刺されるように政所は感じて、くちびるをかみしめて、明るい日のさしている庭に目を向けていたが、たまらなくなって、急に気持が悪くなったゆえ、先に帰らしてもらいたい、と秀吉に申し出た。

「なに、気持が悪い？　それはいかんの。すぐに帰れ。わしもついていこうか」

こういう場合になると、いつもの放胆さに似ず、情愛のこまやかな秀吉であった。

「いいえ、いいえ、ただ少し。ご心配なさらぬように。どうぞ、おゆるりとごらんくださりませ。皆が気を落しましょうゆえ」

政所はしいて微笑してこういって、小急ぎに引返したが、心の底は煮え返るようであった。

三

「あまりといえばあまりのなされ方でございます」

政所が北の御殿に帰ってしばらくすると、加賀殿と三条殿とがまっかに興奮してはいってきた。

「どうなされた？」

政所は落ちついて迎えた。自分のへやにはいって心が静まってくると、年がいもなく興奮したことが恥じられてきた。それに、よく考えてみると、お茶々殿だけを憎むのは早計だとも思われてきた。もし、あの花が北国にしか生じないものなら、あれからわずか七日しかたたないきょう、あんなにもおびただしくここにあるはずはない。きっと、この地方にもあって、まれなものであるにしても、特に言うほどのものではないのであろう。とすれば、北国深山の珍花といつわって自分に贈った成政こそ、最も憎い人ではないか。おそらく、お茶々殿は、自分の無智を笑止に思いはしたものの、前もってお吟に自分が自賛していることを聞いたので、儀礼のうえからあんなあいさつをしたのであろう。そして、お茶々殿のあの性質として、黙っておられなかったので、かねて親しい松の丸殿に言い含めて、あんなことをさせたのかも知れない。

「どうしたかではございませぬ。これほどのつら当てがありましょうか。あまりといえばあまりなお茶々様のなされ方」

政所の落ちついた態度に、いっそう興奮をかきたてられて、加賀殿の声は叫ぶようだった。

「しずかになされ、女どもに聞こえます」

政所はたしなめて、落ちついて語りついだ。

「恥かしいことながら、わたしもいちじは腹をたてました。が、よく考えてみますと、あれは松の丸殿の局の前、いかにも松の丸殿とあちらとはじっこんな間柄ではありますが、それをいちずに、あちらのさしがねときめてしまうもいかがなもの。だいいち、そういう邪推のわく自分の心が恥かしゅうございます。きっと、あちらではちっともご存じのないことにちがいありません」

しかし、加賀殿はいっそういきりたってきた。くやしげに歯ぎしりして言った。

「いけませぬ。政所さまのそのお心のおやさしさが、わたくしども、かえってくちおしゅうございます。そのように、なにごともよいほうによいほうにとおとりになるゆえ、あちらではずにのって」

「まあ聞きゃ……」

「いいえ、いいえ、言わせてくださりませ。おやさしくなさるも人によりまする。あちらなど、さすがにむほん人の子に生れ、むほん人に育てられた人。かえってつけあがって……」

「これ」

政所とて、女の身、自分の快く思わない人のひぼうを聞くことはかなりに強い誘惑であったが、言わしておけば、どういうことを言いつのるかわからない人たちである。

「まあ、聞きゃ。わが身の言うことを聞きやったうえで、なおよく考えてみなさるがよい。よいかの。あの花は北国の珍花などとはまっかないつわり、珍しくはあってもこのあたりにもあるものにちがいありません。なぜといえば、あの日からわずかに七日しかたたぬきょう、遠い北国から、たとえ翼のある身なればとて、持ってこられるものではありません。とすれば、だまされたわが身がいちばんのおろかもの。だれをうらむこともありません。皆、わが身の知恵のあさはかさ……」

するど、三条殿が口を出してさえぎった。

「いいえ。とすれば、お吟があのように驚くはずがありません。お吟ほどの女が、生れてはじめて見た花とまで申していたではありませんか」

こう言われてみると、政所はまたわけがわからなくなった。なるほど、お吟ほどの女が、異国のものかとたずねたほどの花である。あの場合のお吟の顔には、毛筋ほどの偽りの影も見えなかった。

「それごらんあそばせ」

加賀殿は勝ち誇るように言った。

「成政殿ももとより怪しゅうございますが、お茶々様とて臭うございます。それに、もし松の丸殿がひとりでなされたことであったとしても、あんなにも松の丸殿とじっこんなお茶々殿が、ご承知ないはずはありません。承知していて、黙っていなされたのでございます。おのれがさしずして恥をかかしたと同然ではございませんか」

千の宗易

一

「上様びよりだ」

さっきだれかが言ったが、ほんとうにそうだ。きのうまで三日の間、降りみ降らずみの天気が続いていたのに、さんけいの日というきょうになると、からりと晴れ上ったのだ。空はもう秋を思わせる日本晴れだ。雨に洗われて空気もすんでいる。この舞台から見渡すと、向いの山も、谷の木々の一葉一葉も、そこかしこにかんだかい声をあげて子どものように楽しげに遊びたわむれている女たちのはなやかな着物や帯の色彩も、一つ一つとぎ出したようにはっきりと見える。

「いい日だ。皆よろこんでいるのう」

秀吉は、昼食のときに少し傾けた酒に、かすかに眠けを覚えながら、わずかに傾いた日ざしに目をしばたたいていたが、ふと、そばにひかえた寵臣《ちょうしん》の石田三成をふり返った。

「治部」

「は」

白い顔をかすかに赤く日やけさせた三成は、近づいてきた。

「たいくつでならぬ。女どもにせがまれて来はしたものの、花もなし、もみじもなし、酒もそうは飲めず、たいくつでならぬ。女どもはおいて、もう内野《うちの》に行こうでないか」

昔、大内裏のあったという内野に、のちに聚楽第《じゅらくだい》と名づけられる秀吉の大邸宅が、竣工《しゅんこう》に近づいていたので、きょうの予定は、帰りはそこに行って、検分かたがた泊ることになっていた。

「供はいらぬ。そちのほか、七八人もあればよい」

いたずらっぽく微笑して、秀吉は言った。こんな時の秀吉は、子どもの無邪気なわがままを見るように三成には魅力があった。三成は微笑して、無言で承諾の意を示してさがったが、まもなく、したくができたと言ってきた。

どこで見つけてきたか、そまつなかごで、供の者は三成のほか七人だけであった。

「こりゃいい、こりゃいい」

秀吉はじょうきげんで、きょうの奉行の前野佐渡守ひとりの見送りを受けて、内野に向った。

二

二条の大橋を渡ったところであった。

小女を連れたかつぎ姿の女が立っていたが、ふと、かごの窓からのぞいている秀吉の顔を見ると、はっとしたように、かつぎのかげに顔をかくして、小女をうながして歩きだした。急ぎ足に、まるで追われるような足どりだ。

「はて？」

そのあわただしい様子に、秀吉は目をひかれて見送ったが、たちまち思いついた。

お吟だ。

そう気がつくと、自分の命によって聚楽第の数寄屋《すきや》の工事を監督するために、宗易《そうえき》がこちらに来ていることを思い出した。

（そうか。おやじの屋敷に来ているのだな）

聚楽第のまわりに、秀吉は家来たちの屋敷もこしらえてやって、その中に宗易の屋敷もあるはずだった。

「このまえは、ずいぶんとわしも器量を下げたな」

思い出して、秀吉は苦笑したが、なにを思ったか、いきなり、かごのふちをたたいて、

「急げ急げ」

と叫んだ。

「あの女、あいつに追いつけ」

（またはじまった）

と言いたげに、かごわきの三成は苦笑したが、急がないわけにいかなかった。

お吟は、秀吉のかごが自分を追いかけてくることを知って、気を失うばかりに驚いた。白昼、市中のこと、走ることができないので、わき道にそれてみたが、それでもついてくる。まこうとして小路から小路に曲りくねって逃げまわったが、どこまで行っても、ついてくる。

「しかたがない」

息をきらし、絶望して、立止まったとき、急に歩度を速めたかごは追いついて、ぴたりと前で止まった。平伏するまもなかった。がたりと戸をあけて、半身を乗り出した秀吉は、

「お吟」

と、大きな声で呼んだ。

「なぜ逃げる。取って食おうとは言わぬぞ、はは、はは、はは」

息切れと恐怖とに気の遠くなりそうな耳に、たかわらいとともに投げつけた。そして、

「決して、すこしも、すこしも存じませぬゆえ……」

と、お吟がおろおろしながら言いかけたときには、かごはもう動きだしていた。

お吟は、いぶかしげな顔をしてながめている町人たちに気がつくと、あわてて立上って歩きだしたが、なにかしら、大きな不幸が前途に待ちかまえているような不安を感じた。

もし、お吟が、大奥の夫人たちの醜い暗闘を知らない以前であったなら、当時の女のことである、秀吉ほどの者の求愛をあれほどまで強硬に拒みはしなかったであろう。が、時もあろうに、それを知った直後に、秀吉にくどかれたのだ。お吟は身ぶるいしてこれを拒んだ。そして、いったん拒んだいじょう、若い潔癖な心は、相手がしつようになればなるほど、醜怪きわまる者にみいられているような気がして、今ではもう憎悪《ぞうお》に近いほどの心になっていた。

が、相手は無上の権力をもった天下人である。そのうえ、父宗易はその人に仕え、その人の寵愛をあつくしている。

「このうえ、もし、求められたら……」

こう考えることは恐ろしかったが、じゅうぶんにありうべきことだった。

（とても拒むことはできない）

と、考えもしたが、同時に、

（たとえ殺されればとて）

とも、考える。

お吟はどうしてよいかわからなかった。

三

「ただいま帰りました」

お吟が帰ってきたとき、宗易は居間で茶しゃくをけずっていた。かれは当時六十五歳であった。幼時から儀礼になれて、みずぎわだった挙措が優雅であり、からだもそれにふさわしく清らかにやせていたが、鋭い目や、大きく高い鼻や、しまった厚いくちびるや、老齢にいささかゆるんではいるが、なお強い意力を見せて強靭《きょうじん》な感じのほおやあごの張りなど、高名な武人に見るような強烈な感じであった。

「帰ったか。どうだの、町はにぎわっていたろうの。つい忘れていたが、きょうは上様が清水寺ごさんけいの日じゃったの」

宗易は、ひざのけずりくずを払い落して、やさしく微笑して娘の顔を見たが、そのた

だならない様子に気がつくと、驚いて、

「どうした」

と問いかけた。

「いいえ」

お吟はあわててうつむいて出ていきかけた。

「待て。どうした、顔色が悪いぞ」

「少し、おつむが……」

「それはいかぬの。どれ」

やせてかさかさした手をのばして、娘の額にさわった。夫に早く別れた不幸な娘が、いつも宗易にはいとしくてならなかった。

「熱もないようじゃが……」

父のこのやさしさに、お吟は急に胸がせまってきて、ほろりと涙がこぼれた。あわてかくそうとしたが、宗易は早くも見つけた。

「どうした」

「いいえ」

「いいえではない。その年になって泣くというのは、よほどのことがなければならぬ。父に話せぬことか。どんなことでも、父に話せぬことはないはずじゃ。そちの相談相手は、この広い世間に、この父よりほかはないはずじゃ……」

（言うまい、言うてはならぬ。言うたところで、無益な心配をかけるだけのこと）

お吟はくちびるをかみしめてこらえたが、不意におえつの声が漏れると、もうたまらなくなって、わっと泣きだしてしまった。

「どうしたのじゃ。泣いていてはわからぬではないか。どうしたのじゃ。どうしたのじゃ……」

宗易は背をなでてすかしていたが、やがて、涙でとぎれがちな娘のことばによっていっさいを知ると、自分もまた青ざめた。無言のまま、凍りついたようにひとところに目をすえていたが、やがて、

「よろしい。居間に行くがよい。心配せずと、わしにまかせておくがよい」

と言って、さがらせた。

お吟がさがっていってしばらくして、内弟子のひとりが、居間の入口にかしこまって、

「ただいま、上様よりのお使者、東条紀伊守様がいらせられました」

と言った。

剛胆な男だったが、宗易ははげしく胸がとどろいた。

虚々実々

一

東条紀伊守は六十に近い年輩であったが、髪は一筋の白い毛も見えない黒さであり、やせてこそいるがしわ一つない顔をし、よくそろったじょうぶな歯をし、軽捷《けいしょう》そうな小柄な体格で、若い時の心身の酷使に老衰することの早かった当時の人としては、驚くばかりに若々しかった。

かれはかなり長い間客間に待たされたが、少しも腹がたたなかった。この家の主人は、これからどれほどの勢力を得るかしれないのである。自分ごとき者が少々待たされたとて、いらいらするなど、身のほど知らぬというものだと思っていた。

が、それにしても、幸福というものは、どうしてこんなに、ひとりにだけ集まりたがるのだろう。「果報めでたき人」ということばがあるが、ここの主人など、さしずめそれだ。茶人の身として三千石の高禄《こうろく》を得ていることがすでに空前のことなのに、殿下の信任のあつさ、なに一つとして、その言うことがきかれなかったことがない。ときとして、ずいぶん思いきった、はらはらさせるようなことを言うのに、殿下ほどの方がお怒りになったことがない。不思議なほどだ。もちろん、おりおり、あまりにもずけずけとものを言うとき、いやな顔をなさらないではない。だが、すぐごきげんが直る。

「宗易《そうえき》殿は、なにか魔法を心得ているにちがいない。でなくば、よほど、痛い殿下の急所を押えているのだ」

と言っている者さえある。こうした殿下の態度から、諸大名も宗易にたいしては、同輩、あるいは目上の者にたいするような態度で接して、引物《いんもつ》、進物、門前いつも織るようなにぎやかさだ。

今度のことだって、大大名の姫君をご所望なさるような形式だ。女にかけては放恣《ほうし》な殿下だ。心が動いたとなると、大名衆の夫人であろうと、姫君であろうと、むぞうさに手折って、あとは知らぬ顔をしていなさるのに、こうして、わざわざ正式の使者をさし向けて――

（うらやましいものだ。大腹中《だいふくちゅう》の殿下のこと、どう少なく見積っても化粧料五千石ははずれぬところ）

もっとうらやましいのは、宗易殿の勢いがどこまで伸びることやら。ひょっとすると、大名に取立てられるかも知れんわい――

紀伊守は、不器量に生れついて、三十近くになってもまだ縁談がなくて、とうとう家来にくれてやった自分の娘のことを考えて、ため息をついた。そこに、宗易がはいってきた。

「お待たせいたしました」

宗易は、いつもの落ちついた態度で、こう言ってすわった。

「まず、前もってお祝いを申し上げておきましょう。おめでとうございます」

微笑して、頭を下げた紀伊守のひょうきんな態度に、宗易はかすかに顔をひきしめたが、すぐ微笑して、

「なんのことでござろうやら」

「きょうこそは、かねて所望のあの茶入れ、よもやいやとは申されるまい。はは、は

は、はは」

と、笑って、話しだした。

二

「お断わり願いたい」

ひと言も口もはさまずに相手の口上を聞き終えた宗易は、こう言った。ごくおだやかな調子であった。

紀伊守は自分の耳を疑った。

「なんと仰せられる」

「せっかくのことながら、お断わり申したい」

態度はしずかなものだったが、ことばはきっぱりとしていた。紀伊守はろうばいした。こんなことがあってよいはずのものでない。

「さ、さ、さような……誤解されるな、殿下でござるぞ。殿下でござるぞ。殿下がご所望なのでござるぞ」

このことばにききめのないはずはないと信じて、くり返したが、宗易の態度は変らなかったばかりか、強くくちびるがひきしまり、目つきが鋭くなった。

「存じおる」

「ご承知？　ご承知？　ご承知のうえで、そのご返答？　……悪い思案じゃ。なぜ、さような……はは、はは、はは、みどもをからかっておられるな」

　と言ったが、相手の真剣な顔を見ると、

「悪い思案じゃ。悪い思案じゃ。ちょっとつもってみられてもわかろう、お娘御のご出世、ひいては貴殿にとっても――」

「存じおる」

　宗易はうやうやしいくらいしずかにくり返した。

「さようなことは存じおる。が、せっしゃは茶道をこそ売ってはいますが、娘を売ろうとは思いません……聞きなされよ。せっしゃことは、茶道においては古今の名人、末代にもあるまじき名人と、自負しています。そのせっしゃが、娘を売って立身をはかったなど世に伝わろうものなら、せっしゃひとりの恥でない、日本茶道の恥――殿下のご命令を拒むなど、おそれおおいとは存じますが、ひらにお断わり申したい」

驚き、あわて、あきれて、紀伊守は口がきけなかった。宗易が剛復な男であることはかねてから知っている。しかし、これはあまりだ。こともあろうに、殿下のご懇望を拒むなど、みずからわざわいを求めるようなものではないか。だいいち、こんな返事を持っていって、自分にどんな災いが降りかかるか――胸がふるえて、はげしい勢いで頭の中が回りだすように覚えた。

「よくわかる。貴殿の潔《いさぎよ》いご返事はよくわかる。感嘆のほかはござらぬが、考えすごしてはおられぬかの。だれあろう、殿下でござるぞ。加賀様、蒲生様、京極様、歴々の大名衆でさえあのとおりにお娘御をさしあげていなさるではござらぬか。世に従わぬを狂人と申す。なんの恥になり申そう。売るの買うのと、さようなことを仰せられては、かえって人が笑い申そう」

宗易は目を閉じていたが、その目をひらくと、低い声で言った。

「ひとはひと。それに、今でこそ殿下のご威勢におじけて人はなんとも申さぬが、殿下百年ののち、なんと申そうやら。あの人々はよい。ただの大名衆、百年ののち、二百年ののち、三百年ののち、名まえの残る人々ではない。が、せっしゃは芸道に生きる者、みずから言うもおこがましいが、いつの世までも名が残る。一言一行、かりそめなことはできぬ身でござる。ご前体よろしくお取りなしくだされい」

　なんという自信の強さ、この茶坊主は、百二十万石の加賀殿より、四十万石の蒲生殿より、自分を高しと自負している。紀伊守はぼうぜんとして目をみはったが、しだいに腹が立ってきた。

「さ、さような、まるで……果報を心得ぬとは貴殿のことじゃ。むきつけな申し条ながら、貴殿はもと堺の町家の出生、今日、その身分になられたというも、皆、殿下のご恩ではござらぬか。ことに、このたびのこと、貴殿のおんためにもなること、うらやましく思う者はあっても、どこにそしる者がござろう……」

　ここまで言って、ふと気づくと、宗易は薄く暮れかけた庭に目を向けて、あざけるような微笑を浮かべていた。かっとした。

「聞いてござるのか。せっしゃ、貴殿のおんためを思って申しておるのでござるぞ！」

「聞いています」

　と言って、宗易はこちらを向き直って、

「いくら申されてもむだでござる。得の損のと、相手が殿下であろうと、つまり娘を売ること、せっしゃはふつといや。余人に仰せられよ」

「さ、それが悪い。悪いがてんじゃ。貴殿は今、盛衰、いや生死のわかれめに立ってござるのじゃぞ。そのへんのこと、よくご勘考なされたか。よくご勘考なされたか。もし、せっしゃが貴殿ならば……」

「はは、はは、はは、貴殿がせっしゃならば、一も二もなくお受けなさるであろう。存じおる。貴殿などには似合わしいことでござる」

落ちついた声ながら、まるでいどみかかることばだ。さすがの紀伊守もきっとなって、

「なんと仰せられた!」

と言うと、

「貴殿にはふさわしかろうと申したまで」

と言って、宗易はにらみ返した。

はげしい目つきで、しばらくの間、またたきもせずにらみ合っていたが、やがて、紀伊守は低いおびやかすような声で言った。

「さように申し上げてよろしいか。殿下のお怒りがどのようなものか、貴殿、よくご承知でござろうの」

　宗易はにやりと笑った。自分の首筋を押えた。

「なにほどのことがござろう。ただ、これを召されるまでのこと」

　つかみかかりたいような憎悪が、かっと紀伊守の胸に燃え上った。

三

　東条紀伊守が帰ってきたとき、秀吉はもう寝室にはいっていたが、話を聞くと、がばとはね起きた。

　一筋なわではいかぬ宗易のこと、多少の困難はあろうとは思ったものの、これほどにべなくはねつけられようとは意外であった。ほとんどぼうぜんとした。なんということだ。腹がたった。頭の先から足の先まで、なに一つとして自分の恵みでないものはない分際で。叫びだしたかった。

（坊主め！　坊主め！）

　同時に、自分の立場の気まずさが考えられた。なまじいなことをしては、恥のうわぬりである。できることなら、笑いたかった。からからと気持よく笑い飛ばしたかった。

それが最も自分らしいやり方だ。そうすれば、自分のこの立場は救われる。しかし、この煮え返るような怒りをどうしよう――

「むう」

くちびるをかみ、目をすえて、うめいた。

紀伊守は顔を上げることができなかった。

「けしからぬものでござります。せっしゃ、いろいろとことを分けて申し談じたのでござりまするが、なにほどのことがあろう、ただ首を召されるまでのことと申しまして……」

必死だった。今にもこの恐ろしい主人の雷のような声が飛んできはせぬかと、はらはらしながら言いかけたとき、

「おじゃまでございましょうか」

と、へやの外に声がして、加賀殿がはいってきた。まっしろな絹のひとえに真紅の帯をしめて、一文字にくちびるを引きしめ、大きな目を狂的なくらい強くすえている。秀吉はろうばいした。かすかに顔をあからめて、ちらと見たが、たちまち、

「わはは、わはは、わはは」

と、われるような声で笑いだした。こちらで紀伊守はあっけにとられたが、秀吉はもうおかしくてたまらないもののように、小さなからだをゆすり上げゆすり上げ、笑っていた。

「わはは、わははは、わははは。みごとにふられたのう。みごとにふられたのう。わははは。この道ばかりは、さすがのわしも気ままにならぬ。ははは、ははは。娘を売って商いせぬとは、よくぞ申した。さすがは宗易、武士恥かしい魂じゃ。よいわ、よいわ。さがれ。大儀であった」

紀伊守は、ほっとしたものの、なんとなく肩すかしをくったような気持でさがっていった。

あとに秀吉と加賀殿——

秀吉はまぶしいような目で加賀殿を見て、

「みごとふられた。ははは、ははは」

「けっこうでござります」

にこりともしない加賀殿だ。

「ははは、ははは。これはまた手きびしい。なんとか慰めようもあろうものを」

秀吉は笑ったが、加賀殿のくちびるが、なにか言いたげにふるえるのを見ると、つと立上った。

「皆を集めて、酒など飲もう。実を申すと、さすがのわしも、ちとおもしろうない」

「お逃げなされますすな」

加賀殿は叫んだ。鋭い、張りきった声である。きらきらと目が光り、あごのあたりがふるえている。秀吉はきっとしてふり返って、きらりと目を光らしたが、すぐ、

「ははは、ははは、おかしなことを言う。なにしにそもじを逃げよう。わしは天下人、そもじを恐れるわけがないでないか。ま、よい。ござれ。ふられ祝いじゃ。あちらに行って、皆を集めて酒飲もう」

四

永徳描く豪宕絢爛《ごうこうけんらん》な桃李百禽《とうりひやくきん》のふすま絵、立てつらねた丹漆《たんしつ》の大燭台《しよくだい》、金銀丹青の格《ごう》天井の豪華さ。お茶々殿がはいって行ったとき、政所、加賀殿、三条殿、松の丸殿、

皆、思い思いのきらを飾って、秀吉の左右に居流れていた。

「来た来た、さ、ここにござれ」

秀吉はあいていた自分の左の席にすわらせて、いつものかったつな調子で、

「実はの、そもじも知っていよう、茶坊主の宗易の娘じゃ。あれをさし出さぬかと、きょう、坊主めにかけ合ったところ、剣もほろろなあいさつ、娘を商い物にしとうござらぬ、とぬかすのじゃ。ふとどきな坊主め、といったんは　腹をたててみたが、考えてみれば、身分に似合わぬおもしろい答え、わしの気象として、こうなるとおこることができぬ。笑うな。ははは、ははは。ところがじゃ、正直なところ、やはり人間の悲しさ、ちと気ぶせくないこともない。で、ぐんと騒いで、このケチな気持をふっ飛ばしてくりょうと思うての、ははは、ははは」

はじめて聞くことである。お茶々殿ははっとしたが、またたきもせず自分に向けられている競争者らの視線に気がつくと、はれやかに笑って、

「まあ、まあ、ご愁傷な」

と言って、ぐるりと一座を見回して、

「でも、皆様、ほんに憎らしいではございませぬか。こんなに、わたくしどもがいっ

しょうけんめいになっていますのに、まだ、殿下はご不足なんでございますよ」

「ははは、ははは」

政所も加賀殿も三条殿もいんうつに黙りこんでいる中に、秀吉の高笑いだけが、こだまを呼ぶくらい高くひびいたが、お茶々殿はさえずるような声で、はればれとつづけた。

「ねえ、皆様、くやしいではございませんか。殿下は気ぶせい気持と仰せられますが、わたくしどもの心は、それくらいではございませんねえ。今夜は、ひとつ、うんといじめてあげようではございませんか。つぶれなさるほど酒を食べさせてあげましょうか。裸にして田楽踊りをしていただきましょうか……おお、そうそう、皆が一つずつほしいと思うものをおねだりいたしましょうや。わたしは何を望みましょう？」

あどけなく、長いまつげをはねて、じっと上を見つめていたが、すぐに叫んだ。

「お、そうそう、わたくし、あれをいただきましょう」

「ははは、ははは、こわいことになったの。なにが所望かの。よも、わしの首ではあるまいの」

お茶々殿はおもしろそうに笑って、

「いいえ、いいえ、いいもの、いいもの、あとで申します」

　と言って、加賀殿を見て、

「加賀殿はなにをご所望」

　加賀殿ははじめからきびしい目でお茶々殿をにらんでいたが、ぷいと横を向くと、つめたく言った。

「なんにもございません」

　平気である。子どもに見るような罪のない微笑をみじんも曇らせずに、

「でも、なにかございましょう。おっしゃいな。なんでも殿下はくださいますねえ。三条様は？」

「わたくしも、なんにもございません」

　三条殿の答えも冷やかであった。すると、お茶々殿の顔が急にくもってきた。美しいまゆをひそめ、薄く涙まで浮かべて、

「いけません、いけません。おふたりともそうおっしゃっては、わたしひとり欲ばりになってしまうではございませんか」

　と、子どものように身をゆすったが、すぐ政所のほうを向いて、

「でも、政所様はなにかご所望でございましょうね。お願いでございます。なにか殿下のお困りになるようなものをお望みくださいまし。でなければ、殿下をおいじめすることができませんもの」

「そうですねえ」

政所は小首を傾けて、はじめて微笑したが、やがて、

「では、わたくし、あの霰釜《あられがま》でもいただきましょうかの」

「ああ、うれしい」

お茶々殿はぽんと手をたたいて叫んだ。

「これは痛い。あの釜は、滝川（一益）が総見院様（信長）から、十万石の加増よりこちらをいただきたいと言うてもろうた品。あれはいかん。あれはいかん。余のものを望め」

あわてて秀吉が言いかかると、お茶々殿はうれしげに笑いながら、

「いいえ、いいえ、お約束でございます。お約束でございます。では、今度は、わたくし……でも、政所様が十万石のお釜をおもらいあそばすとすれば、わたくしは少し安いような。もっと高いものをいただこうかしら」

「こわいの。早く言え、早く言え」

「いいえ、もっと考えて、もっと考えて……でも、まあよろしゅうございます。わたくし、わたくし、お城がほしいのでございます」

「なんと」

秀吉はじめ座にいる者、皆あきれたが、お茶々殿は無邪気に手まねしながら言う。

「ちっちゃなかわいい、これくらいのお城がほしゅうございますの。大きなお城はいや。政所様が十万石のお茶釜ゆえ、わたくし、五万石ぐらいの小さなお城でよろしゅうございます。変っているでございましょう。昔は女の大名があったそうでございますが、今はございませんね。ですから、わたくし、また女の城持ち大名になって、いばってやりたいのでございます。どこでもいいのでございます。いただけますねえ。いただけますねえ。お約束でございますもの」

「はははは、これはまた異なものがほしいの。が、そもじらしい。おもしろい。進ぜよう。さて、どこがいいかの――む、淀《よど》の城ではどうかの。平城《ひらじろ》じゃが、川があるし、要害は堅固じゃ。だいいち、女持ちにふさわしくちんまりとしている」

お茶々殿はおどり上って叫んだ。

「まあ、うれしい。ほんとにくださいますの。ほんとにくださいますの。まあ、うれしい」

そして、加賀殿と三条殿のほうを見て、

「それ、ごらんあそばせ。それゆえ、あんなに、おねだりなさいませと申したのですのに」

ふたりは、目のくらむようなしっとと怒りを感じながらくちびるをかんだ。

五

あまり酒のいけない秀吉は、少し飲むともう酒が苦《にが》くなった。お茶々殿ひとりがにぎやかに座を持っているだけで、皆、暗く押し黙っているので、ともするとしらけかかる席である。座のしらけるとき、秀吉はこなれきれぬ食物のように、重く心につかえるものがあるのを意識する。

坊主め！

われ知らず、ぎりりと奥歯をかみしめる。

なにより腹がたつのは、相手がせせら笑っているであろうことだ。

「せっしゃだけは、ご自由になりませせぬぞ」

そういう声が耳もとに聞こえる。

坊主め！……

気がついてみると、残虐きわまる刑罰を想像しているのだ。

はりつけ、牛裂き、のこぎりびき、火あぶり……

秀吉は、正直に感情を表現することのできない自分が、しみじみと情なくなった。こうして、極官に登っていようと、天下の権を握っていようと、なんの喜びがあろう、なんのかいがあろう……

「もそっと騒がぬか。このようなことでは、わしの気ぶせさは消えぬぞ。消えねば、未練が残ってならぬぞ。ははは、ははは」

ものを言えば、またしても、こんな心にもないことばしか出ない。

ちぇッ、なんという情ない……

そこに、ふすまの陰《かげ》から小姓の声が響いた。

「申し上げます」

「なんだ」

「治部少輔《じぶしょうゆう》さま、お目通り願っていらせられます」

「治部が」

　すると、三成のことばが聞こえた。

「ご清興のおところおそれいりますが、ただいま、大坂表より火急の使いがまいりまして……」

「よし、はいれ」

　はいってきた三成は、一礼すると歯切れのよい声で言った。

「ご政道向きのこと、おそれながら別室にご動座くださりましょうか。ただしは、お女性方、しばらくお席をお開きくださりましょうか」

「秘密を要することか」

「とは思いませぬが」

「では、ここで聞こう。かまわんから話せ」

「は」

　三成はすぐ本題にはいった。

「肥後の国に一揆《いっき》蜂起《ほうき》いたしまして、佐々殿苦戦とのこと、黒田様（孝高《よしたか》、当時豊前中津領主）よりご注進ござりまして」

秀吉はがくぜんとした。

「な、なんと！」

「注進状、ここにござります」

秀吉は受取って読みかけたが、読みづらかったのだろう。すぐ、もどかしげにうっちゃって、

「で？」

「は、菊池郡隈府《わいふ》の地侍《じざむらい》、隈部と申す者のむほんより起りまして、肥後一円蜂起、引いて、豊前の国にも起りましたが、これはすぐにたいらぎました由。肥後はなかなかの勢いにて、老巧の佐々殿も苦戦一方ならぬとのこと。事の起りは、皆、佐々殿のしおき手あらきゆえとのこと、殿下より地侍どもにくだしおかれましたご朱印面の知行を渡さざるのみか、検地なされしゆえとのこと……」

「大バカ者が！」

卒然として秀吉は怒号したが、同時に、憤怒《ふんぬ》の喜びが貫くように心を走った。今こ

そ、鬱積《うっせき》し、内攻していた怒りは、出口を得たのだ。立上った。歯ぎしりした。目をみはった。

「さればこそ、くれぐれも申したことじゃ。そちも覚えていよう。佐々に肥後をくれるとき、地侍の扱いよう、かんでふくめるように言うておいたのじゃ。なによりも、知行は先規のごとく渡せと言うた。三年が間は検地もするなと言うた。百姓を痛めぬようにせよと言うた。一揆の起らぬように気をつけよと言うた。格別、むずかしい国であればこそのことじゃ。ここを案じたればこそのことじゃ。それを、成政め！　どこに聞きおったのじゃ。二月にもならぬ今日。こけ！　バカ者！　ええい！　いつまでたっても、きゃつ、昔の夢がさめぬな……」

息を切り、声をとぎらし、こぶしをふるわせ、どうどうと畳をふみ鳴らして、自制を失ったような秀吉の様子だった。

「殿下」

三成は呼びかけたが、秀吉の耳には聞こえないらしかった。いらいらと座敷じゅうを歩き回りながら、はげしい目を宙にすえて、ののしり続けた。

「おのれ、どうしてくれよう。首切って捨つべき身をひろい上げてくれた大恩を忘れ、わしの下知《げち》にそむいて。ゆるさぬぞ。ゆるさぬぞ。もうゆるさぬぞ……」

こんなにもはげしい秀吉の怒りをはじめて見るお茶々殿は、おびえきった目を座中の人に向けたが、ふと、政所の顔をみるとぎょっとした。この人と思えないくらいに残忍な微笑が、かげのようにその顔をくまどっていた。同じような陰は、加賀殿の顔にもあった。

（まあ）

と思ったとき、もう消えて、うつむいている。

（どうしたことだろう？　どうしたことだろう？）

お茶々殿の心はにわかに活潑に働きはじめたが、たちまちあることを思い当って、くちびるをくいしめた。

人間の心の動きを鏡に映すように見ることのできる人があったら、その時のお茶々殿のへんぼうのあざやかさに、身の毛のよだつを覚えたであろう。お茶々殿の顔は、みる間に悲しげになった。くちびるがふくれ、あふれるばかりに涙を浮かべ、またたきもせず、秀吉の顔を見つめていたが、

「殿下」

と呼びかけるや、わっと泣きだした。

秀吉は驚いた。呼びさまされたように、興奮からわれに返った。

「どうしたぞ。そもじが泣くことはないではないか。そもじに腹をたてているのではないぞ」

「それは知っています。それは知っています。でも、佐々は、もと、おじさま（信長）の家来、養父様《とと》の友だちだった人、助けてやってくださいませ、助けてやってくださいませ」

すすり泣きの間に、とぎれとぎれ言うのである。一座は思い思いに驚いた。政所、加賀殿、三条殿はあきれて顔を見合わせたし、三成はゆううつな顔をして肩をすくめた。

「そもじの知ったことではない。これは男の世界のこと、くだらぬことを気にするでない」

と、秀吉は言ったが、

「でも、でも、でも……」

お茶々殿は、いつまでも泣き伏していた。

六

その翌日である。旅の疲れを休めるまもなく、お茶々殿の招きによって三成は伺候した。

「お疲れでありましょうに、すみませぬ」

今、ふろを上ってきたのであろう、におうばかりにいきいきとした顔色をして、心をときめかす、とめきのかおりをさせて、お茶々殿は三成の前にすわった。

「なんの、旅といいましても下り船、せっしゃは伏見からずっと寝ていました」

むせるような女の香が、会釈もなく迫ってくるのに、いささかへきえきして、三成は目を伏せた。かれは、元来、女に対してはたいした興味をもっていない。あらゆることに秀吉にならおうとしているかれではあるが、このことだけは、どうしてもまねができない。同じように小柄な骨組みであり、やせた肉つきなのに、この一事においては、たたますます弁ずる秀吉の絶倫な精力に、ただ舌を巻いているのだ。

だが、お茶々様の冶容《やよう》には、いささかまいる。不思議な魅力だ。成女ののうえんさと童女の清純さとの混淆《こんこう》した魅力のほかに、菩薩《ぼさつ》像のもつ魅力、悪魔像のもつ魅力、また、かれはかつて、キリシタンの聖母像というものを見たことがあるが、その像のもつ魅力に似た――現身《うつしみ》の人のもつ魅力以外の、天上的な、あるいは、地獄的かもしれない、あやしい魅力があるのだ。

「ほほ、ほほ、ほほ、ほんに、殿方はのんきでよいもの」

と、お茶々殿は笑ったが、すぐ、改まって、

「おいでを願いましたのは、宗易が娘のこと」

と言った。

三成はおぼえず微笑した。京での秀吉の態度、東条紀伊守の使命、皆知っている三成にとっては、宗易の娘を競争者のひとりと見て、早くも警戒せずにはおられないらしいお茶々殿が、あさましく思われもしたし、その人らしい勝気さ、とほほえましくもあったのだ。すると、お茶々殿はすぐ見とがめて、

「そなた、笑いましたね」

と、強い目つきでにらんだ。

「はは、はは、はは。いや、あまり、取越し苦労をなさるようで、つい。いかほどのこ

とがございましょう。宗易ふぜいが後家娘、あの坊主めが強情、言いだしましたうえは、こんりんざい、翻《ひるがえ》すものではございません。お気にかけさせらるるほどのことではございません」

「いいえ」

お茶々は激しくさえぎって、

「そなた、肥後の一揆《いっき》を聞きなされたときの殿下のお腹だちをどう考えなされましたぞ。殿下は佐々よりも、宗易に腹をたてなされたのです。いわば、佐々はそばづえくったようなもの。かたよりすぎた考えと言やるかもしれぬ。でも、宗易のことがなかったなら、あんなにひどくお腹だちではなかったろうとは言えましょう。あれほど、殿下がお腹だちなされたは、つまり、じゅうぶんの未練がおわせばこそのこと、殿下のお知恵、殿下のお力、うかうかとしていようものなら、追いつかぬことになりましょうぞ」

なんという鋭さ、だが、なんというひねくれた見方――三成はまじまじとお茶々殿を見つめた。

（このまだ子どもらしいあどけなさの残っているおかたが、どうしてこのような）

微笑して言った。

「ははは、ははは、これはまた。もっとも、殿下があれほどにもお怒りになったは、仰せのとおり、あれのすぐあとであったからではございましょう。が、殿下はご政道向きのことと私情とを混同されるようなお人ではございません。それに、殿下のお腹だちは、未練というより、ご威勢をはばからぬ宗易の心をお怒りになった、と見るが正しゅうはございませんかな」

「いいえ、そなたは殿下を知りません。そなたの知っている殿下は、よそ行きの上下着けられた殿下です。ほんとうの殿下のすがたを知りません」

裸の秀吉、閨房《けいぼう》の秀吉、それを知らないといわれたのだ。こうなると、黙っているよりほかはない。苦笑していると、ずずずと寄ってきたお茶々殿の白い手が、むずと三成の手をつかんだ。驚いて顔を上げると、花のように美しい顔が目の前にあった。火のようにかがやく目である。はげしくわななくくちびるである。むせぶばかりの脂粉の香である。三成ははげしく胸がとどろいた。すべてのものが、ぐるぐると回転して、かっとほおがほてって、のどの奥に火のような熱いかたまりがからんだ。すると、突然のように、お茶々殿の目が曇って、あふれるばかりに涙がにじみ出てきた。

「治、治、治部殿、そなただけ、そなただけを力にしている茶々……」

瞬間のうちに、三成の興奮は去った。苦笑した。恥じた。そっと手を引いて、離れると、お茶々殿は打ちひしがれたように片手をつき、うなだれ、泣きぬれて、細々とかきくどいた。

「茶々はそなただけを力にしています。それに、そなたは、そのような情のないことを言うていやる。そなたがそのようであっては、茶々はどうなります」

「せっしゃもお茶々様おひとりをたよりにしています。あなたさまのおためには、水火の中も避けませぬ覚悟。なにがお気にさわりましたやら。ご遠慮なく、仰せつけくださいますよう」

謹厳に両手をついた。お茶々殿は、黙って、しばらくの間、そのままの姿勢でいたが、急にむくりと顔を上げた。すがすがしく、洗ったような顔になっている。微笑をふくんで、

「そなたは、つめたい人の」

「…………」

「そなたは火のうつらぬ氷のようなお人じゃ」

「とんとわかりかねます」

と、三成も笑った。

「それ、そうでございましょう」

「ははは、ははは」

「いやな人」

お茶々殿は、こびた目をじっとりと三成の顔に送った。

「ははは、ははは、ご案じなさいますな。かの者は、殿下のお手もとには上りません」

きっぱりと言って、

「こう、お約束申しましたら、ご安心なされましょうか。もっとも、たかが茶坊主の娘、上りましたところで、なにほどのこともあるまいとは思いますが。お慾の深いこと、ひとりじめになさりとうございますかな」

と、からかうように言ったが、お茶々殿はにこりともせず、

「その油断がいけません。殿下は坊主を大名に取り立てなさることもおできになります。もしおたねでも宿してごらんなさい、ゆゆしいことですぞ」

じゅうぶんにありうべきことだ。三成は自分のうかつを恥じ、相手の思慮の深さに驚嘆した。

「なるほど、そこまでの考えはありませなんだ。さすがは、日本でひとりの女大名。驚きました」

「それごらんなされ。では、もう一つ、驚かしてあげましょうかえ」

「なんでございましょう」

「佐々のことね、わたくし、命ごいしたでしょう」

そうだ、これは三成にも不思議だったことだ。元来、佐々は政所様派、敵党の人間だ。その命ごいをするなど、やはり女性の弱さだな、と考えていたのである。

「さよう、あれはせっしゃも不思議に思っていましたが」

「おわかりになりません？」

顔をかしげてなぞのように微笑する。

「はて？」

「あちらでは、もう佐々を味方と思うていません。にくんでいます。それは、あの時、あの人々の顔を見たとき、わたしにはわかりました。つまり、あの黒ゆりで佐々にいっぱいはめられたと思うているのでしょう。ところで、あちらでは、こちらが右に出れば必ず左に出ますし、こちらが左に出ればきまって右に出ます……」

（ああ！）

三成はあやうく叫び出すところであった。なんというたくましい知恵の働き、なんという奸知《かんち》。全身の血が凍るような恐怖に打たれながら、お茶々殿を凝視した。悪鬼、夜《や》叉《しゃ》——

「ねえ、わかったでしょう」

だが、えんとして微笑して小首を傾けている顔の、なんという美しさだ、なんというあどけなさだ。

三成は、はげしくまばたきしたまま、しばらくのあいだ口がきけなかった。

僧《そう》綱《ごう》

一

清水寺さんけいがあってしばらくして、九月十八日、秀吉は大坂城から聚楽第《じゅらくだい》に引き移ったが、それからまもなくのこと、聚落回りの宗易の住居不審庵に、秀吉から、至急出頭せよとの使いが来た。この事件以来、無気味に鳴りをひそめていた秀吉から、はじめて来た使いである。一家、たちまち不安に包まれたが、宗易は騒がなかった。

「それほどあさましいお人ではない」

と、家人を制して出仕した。

その日、呼び出されているのは宗易ひとりではなく、秀吉に仕えているおもだった茶人ら全部で、皆、にわかのお召しに不安げなささやきをかわしていたが、そのうち、どこからともなく、

「きょうのお召しはおめでたいお召しである。このたび、殿下はわれわれに僧綱《そうごう》（僧侶の官位）を授けようとおぼしめされて、朝廷にご奏請になっていたが、それがお許しがあったので、それをお伝えになるためだ」

というううわさが伝わってきて、座中、たちまち喜悦《きえつ》に波立った。

「さすがは古今にただおひとりの殿下じゃ。これで、茶坊主茶坊主と人にさげすまれていたわれわれも、肩身ひろく世を渡ることができる。ありがたいことではござらぬか、ありがたいことではござらぬか」

宗易の隣にすわっていたひとりなど、もう七十を越えた年輩なのに、老い衰えた顔を

まっかに上気さして、しきりに話しかけた。宗易はいいかげんにあしらっていたが、あまりにも無反省な喜悦の様子を見ると、少しあさましくなった。

宗易は、茶の湯の道は塵外《じんがい》に遊ぶ道である、ことさらに狭苦しい暗い茶室をしつらえ、古びたかま、古びた茶わんをひねくって、一挙手一投足にも心を用いて、ひたすらに静かならんことを求めるのは、それによって俗世間の塵事《じんじ》を忘れるにある。この道に遊ぶかぎりにおいては、公卿《くげ》、諸侯、士庶人、いかなる階級の人であっても、俗世間のことを忘れねば本義に徹しない。まして、この道をおのれの生涯の道として選んだ茶人においては、常住不断、塵世の外にある心でいなければならぬ。人の世の富貴栄達に心をひかれるなど、茶人となった本来の覚悟を取り落しているではないか、と考えている。しかし、

「しいて異を立てるにも及ぶまい。かようなことにこだわるというのは、まだほんとうに至っておらぬゆえであろう」

と、考えているとき、近侍の者がはいってきて、ひとりひとり秀吉の待っている次の間に連れていった。

二

宗易は、いちばんあとから呼び出された。

しょうじょうひに、金糸で桐と唐草とを縫ったそでなし羽織を着て、紫ずきんをかぶった秀吉は、気味の悪いほどじょうきげんで宗易を迎えた。

「おお、来た来た。久しぶりであったのう」

「達者であったかの。なに、少し不快であった？　かぜだと？　もうよいと？　それはよかった。そちも寄る年波のこと、せいぜいからだに気をつけてな。そちに万一のことがあっては、茶の道が暗になるのでの。はは、はは、はは。きょう呼び出した用事については、もう承知のことであろうが、実は、わしがここに引き移った祝いに、なにがな、そちどもに身祝いしようと思うて、いろいろと考えた末、朝廷にお願いして、位を授けてもらうことにした。歌人や医者にさえ位があるのに、茶人にないというのは少しおかしいゆえな。皆、よろこんでくれた。わしもうれしい。いろいろと段階があるが、そちはほかの者とちがって、この道では古今の名人、法印（大納言、中納言、参議に相当す）に申請したところ、地下《じげ》からは類例のないことながら、高名なそちのこと、ご異議なくご裁可になった。これがそちの位記だ」

　宗易は平伏したまま秀吉の言うところを聞いていたが、そのことばの中に、不自然な快活さのあるのを感じて、思案した。どうすべきであろう。もとより、ほしいとは思わない。世外の自分になんの位階の必要があろう。事々しい位階など、かえって笑うべき虚飾ではないか。が——といって、正面きって拒絶するのはどうであろう。ことさらに異を立てることではないか。これも同じくとらわれた気持ではないか。真に栄辱《えいじよく》の外にある者は、常に、来る者を来らしめ、去る者を去らしめるむなしい気持でおるのではなかろうか——

「さ、手を出さぬか」

　ちゅうちょしている宗易の様子を見て、秀吉はますますあいそがよかったが、それを聞いた瞬間、宗易ははっきりと相手のわなを感知した。

「おそれながら」

　ぐッと突き上げてくる怒りと、相手のあさはかな知恵とにたいするけいべつとを押しかくすように平伏して、言った。

「御諚《ごじよう》かたじけなきことに存じますが、てまえは、常に自分を世外に遊ぶ者と心得ておりまして、てまえの喜びも、楽しみも、すべてそこにございます。したがって、位階をいただくなどのことは、はばかり多き申し条ながら、かえって重荷、さまたげとなりはせぬかと案じておりますれば……」

　秀吉はかすかに顔の赤らむのを感じた。もとより、かれは自分の策略が相手にわからないなどとは思っていなかった。わかることは覚悟の前であった。目算は、それから先のところにあった。かれほどの者がこの好意を見せるのだ。たとえ、自分のはらを見破ったとしても、むげに拒絶することはできないにちがいない。また、見破ることによって、自分がどんなに真剣でいるかを知るであろう。そうなったら、がんこな宗易でも、心を打たれずにはいまい。この義理にからまれ、心を打たれているところに、しかるべき者をたて、新しく交渉する。と、一手も二手も先を見越してのことであった。

　しかし、やはり、秀吉は顔を赤くした。そして、

「受けぬと申すのか」

　と言ったとき、にわかに腹がたってきた。腹をたててはみぐるしいし、せっかくの策略がだめになると気づきながらも、とげとげしい声で続けずにおられなかった。

「ははは、ははは。そちは前のことを根にもっているな。バカな。わしが、そんなくだ

らん男と見えるか」

が、言ってしまうと、しまったと思った。平伏していた宗易が、むくりと顔を上げて微笑したのだ。その微笑を見ると、みごとに相手につけこまれたことを感ぜずにおれなかった。

「殿下が、さようにあさはかなお人であるとは、てまえは決して考えません」

穏やかな微笑を絶たずに宗易は言った。

「が、つまりは、茶道の純粋さを保とうとの微衷がありますればこそのこと、世外の人には世外の人にふさわしいものがございます。同じくは、そのふさわしいものをご下賜くださりましょうなら、いかばかりうれしくお受けいたされますやら……たとえて申そうなら、居士号《こじ》など最もふさわしいものに存じますが」

「ははは、ははは」

にわかに濶達《かったつ》に秀吉は笑った。

「そうじゃった。そうじゃった。さてもさても、ぬかったことをした。そちは大徳寺の古渓とやらいう坊主について、禅の修業しとるのじゃったの。居士号、いかにも似つかわしい。では、これはご返納申して、古渓に命じて、居士号を授けさせよう。この前のこといい、きょうといい、そちはあつかいにくい男じゃの。ははは、ははは」

「おそれいります」

依然として微笑して言う宗易の態度に、秀吉はまた赤くなった。

数日たって、古渓和尚《おしょう》は、宗易にたいして、利休居士の称号を選んで与えた。

なぞ

一

天正十五年が暮れて天正十六年四月二十五日、佐々内蔵助成政は肥後を出発して上洛の途についた。ずっと前から秀吉に上洛《じょうらく》の命を受けていたのであるが、一揆《いっき》のあと始末のためにのびのびになっていたのである。五月五日、かれは摂津の尼ヶ崎についたが、ここまで来ると、秀吉の使者が待っていて、土地の法華寺に蟄居《ちっきょ》して後命を待てと伝えた。これは秀吉の怒りがどんなにはげしいものであるかを知らせるにじゅうぶんな命令であった。かれは少し意外な気がした。もちろん、かれとても秀吉が平静な気持でいようとは考えていなかった。多少の怒りはあろうとの覚悟はしてきた。だが、かれにはかれとしての言いぶんがあった。かれの地侍に対して取った政策のすべては、新国守の威を示し、ひいては秀吉の威を徹底せしめるにあった。これが知遇に報いることだと信じきってやったことである。性急であったことは認める。しかし、あれくらいの一揆は、おそかれ早かれ起らねばならぬものであった。それほどとおりいっぺんの平定をしてあったのだ。どうせ起らなければならないものなら、早いほうがいいではないか。まして、あれほどの騒ぎをしずめることができたのは、自分なればこそのことだ。これから先は、もう決して起らぬであろう。自分はそれほど徹底的にたたきつけておいた。だから秀吉に会いさえすれば、じゅうぶんに申し開きがたつ、と考えて出てきたのであった——

この自信があっただけ、かれは安心して命をつつしんで法華寺にはいった。そして、まず、政所のところに使者を立てて、取りなしを依頼した。が、思いもかけず、その返事はこうだった。

「お取りなししてもむだであろうと思います。わたしにお頼みになるより、淀殿にお頼みになったがよかろう。そしたら、あるいは殿下もお聞き入れになるかもしれません」

なんとなく底に針をふくんだことばである。事情を知らない成政は、ぼうぜんとしてしまった。淀殿の寵遇《ちょうぐう》が、今は政所をしのぐばかりであることは、成政も知っている。だが、その人は敵党の人ではないか。——そこで、押し返して二度めの使者を立てたが、今度は返事さえなかった。成政は、はじめて、自分が容易ならない危険な立場にあることを知ってろうばいした。かれはあらゆる知己に向って救助をこうたが、申し合わしたように、

「おほねおりしたいはやまやまながら、なにせお怒りが強くて」

というあいまいなあいさつしか得られなかった。こんなのはまだいいほうで、使者に会ってもくれない者さえあった。

二

使者の口上を聞くと、利休はすぐに御殿に向った。

かれは心の底から動かされていた。信長時代からの成政の知合いであるかれにとって、頼まれなくとも、黙視できることではなかったが、なによりも、かれを憤激させした

のは、人々の軽薄さであった。

「なるか、ならぬか、受合いはいたしかねるが、ほねをおりましょう」

と、答えて出てきたのであった。

秀吉は気軽に会ってくれたが、半分ほど聞くと、あらあらしくさえぎった。

「ならん、佐々がふらち、はじめてのことではない。仏の顔も三度までというではないか。そちもいらぬ口をきくでない。なるほど、佐々としては言いぶんもあろう。ぬすびとにも三分の理があるというゆえの。が、一揆は早晩起らねばならぬものだったゆえ、早く起したほうが得《とく》と思うなど、なんたる申し条じゃ。さようなことは佐々づれのすべきことでない。そう考えたならば、なぜ、一応、わしに申し出てさしずを仰がぬ。運よく手軽に済んだからよいようなものの、もちっと長びいてみよ。日本全国、各地に同じような一揆が起って、ここまで築き上げた天下は、またくずれること目前だ。一国二国にしか目の届かぬさる知恵の分として、僭上《せんじょう》至極の申し条。それはまあよい。ゆるせぬのは、わしの定めおいたしおきにそむいたことじゃ。そむいたというは、つまり、わしの威権を無視したのじゃ。わしはずいぶんとがまんの強い男じゃが、わしの威権を犯す者にたいしては、断じてゆるせぬ」

一気にここまで言ったが、ふとことばをとぎらした。不意にわいた思いを追うような目つきをしたが、急にそわそわとあたりを見回して、からだを前に乗り出した。

「宗易」

低い、あたりをはばかるような声である。見ると、あいまいな微笑を浮かべている。

「佐々はいい武士じゃ。わしも惜しいとは思うている。が、きゃつ、時世を知らぬ。いつまでも永禄元亀《えいろくげんき》のつもりでいる。強いばかり、堅いばかりで世が渡れると思うている。かような者は、いかに武勇にたけていようと、生きていけぬのじゃよ……それを改めるとあらば、考えてみんでもないが、まず、むずかしかろうな」

はじめのうち、利休は秀吉の言うところがわからなかったが、やがて裏面にふくまれているなぞが解けると、かっとした。なんというろうれつな！

ひしとくちびるを結んで、きびしい目で、秀吉を見つめた。

「はははは、いや、むずかしかろうて。むずかしかろうて。せんない。せんない。腹を切らせるのだ。腹を切らせるのだ」

まぶしいものを見るように、目をそらして、秀吉はくりかえした。そのことばの裏面にもつ恐ろしい意味に、心も凍るように感じながら、利休は低く答えた。

「是非ございませぬ。佐々殿にはむずかしゅうございましょう」

五月十五日、成政は法華寺において壮烈な自刃を遂げ、その遺領は政所派の加藤清正と淀君派の小西行長《こにしゆきなが》とに分ち与えた。

権力を持つ者

一

成政の事件があったときから、利休は自分の運命が、しだいに下り坂にかかってきたことを知った。事実、これという取立てのことはなかったが、秀吉のかれを見る目は、一種つめたいものを帯びてきた。秀吉の様子は、ちょうど、獲物を前に置いて、飛びかかるすきをうかがっている猛獣のようなところがあった。利休はけいべつこそすれ、恐れはしなかった。

以前と変らず、平静な態度で出仕もすれば、茶の相手もしたが、死後の準備だけはひそかに営んだ。古渓《こけい》和尚に頼んで、おのれが以前寄進したその山門に、おのれの寿像を置かしてもらったのも、そのためであった。

その日、秀吉はごくわずかの供回りで、不意に大徳寺を訪れた。寺では驚いてこれを迎えた。秀吉はこの人にかつて見ない陰気な目をして、寺僧に導かれていしだたみの上を歩いてきたが、山門の手前まで来かかると、足を止めて、早春の日が薄くさしている山門を、やや長い間ゆっくりとながめた後、

「これが利休の寄進したという門か」

と、寺僧に尋ねた。

「さようでございます」

「茶坊主というものは、割のよいものとみえる。三千石ぐらいの身上で、かようなことができるのか」

寺僧が、とげをふくんだ調子に驚かされて、秀吉の顔を見ると同時だった。

「あれはなんだ」

と、秀吉は異様に高い声で言って、やせた手をさし出して山門の楼上を指さした。

「あれだ。あの楼上になにやら木像のようなものが見えるであろう。あれはなんだ」

底意ありげな秀吉の様子に、寺僧は胸を騒がせながらも、利休居士の寿像であると答

えた。

「不届き千万な茶坊主め！」

ぼつぜんとして秀吉は怒号した。

「僭上《せんじょう》至極。たとえおのれが寄進したにもせよ、山門は公卿貴紳《くぎょうきしん》をはじめ、高位高官の人々の通行するべきところ、その頭上に下郎の分際としておのが像を置くこと、おのれの木履《ぼくり》をもって頭を踏むにもひとしきふるまい。僭上至極、無礼千万。相談にあずかったという古渓も古渓、一山の束ねをもなすべき長老の身として、ここに気づかなんだとはうかつ、緩怠、大バカ者め！　いずれ詮議《せんぎ》のうえ、きっと罪科仰せつけよう。それまでつつしみおれと申せ」

雷霆《らいてい》の怒りの前に屏息《へいそく》している寺僧たちをしりめに、そのまま帰っていった。

二

覚悟はかねて決まっていたことだ。秀吉嚇怒《かくど》の報が届いたとき、利休は自分の家にいたが、いたって静かな気持で、その報を聞くことができた。かれはかねて、おりにふれて整理しておいた形見の品々をそれぞれの知るべに送りとどけてから、茶室にはいって、弟子のひとりに茶をたてさせて、心静かに数わんを喫した。

上使の富田左近将監《さこんのしょうげん》と柘植《つげ》左衛門尉《さえもんのじょう》とのふたりが来たのは、ちょうどかれが茶室から出てきたときであった。

このふたりの上使は、年久しい利休の門人であったので、どういうことばで使命を伝えてよいか、困っているようであった。そこで、利休はこちらから言いだした。

「ご上命の趣き、いかがでござろうか。なまやさしいことではすまぬことと、とうに覚悟はいたしてござるが」

「されば——」

正使左近将監はうつむきがちに語りだした。

「きょうのご上命は、ひとまず当地を退去、堺にお引取りなされとの、ただそれだけのことでござる」

「御諚、かしこまり奉る」

利休はうやうやしく平伏したが、少し拍子抜けした気持であった。とても、これくらいのことで済むはずのものではないのだ。問いかけるように、じっと左近将監の顔を仰ぎ、左衛門尉の顔を仰いだ。

しばらくの間、ふたりはちゅうちょするように見えたが、やがて、低い声で、

「お覚悟のこととは存ずるが、念のために申し上げおきます。お怒りことのほかお強いうえに、御身ほどのお人なれば、当る風も多く、かれこれ申し上ぐる人もあって、しょせんはご運のきわまるところかと存ずれば、じゅうぶんの覚悟あるよう」

利休は微笑した。

「ご芳情、ありがたく御礼申します。きょうの身になろうことは、ずっと前から覚悟しておりましたことゆえ、改めての覚悟をいたす要もござらぬが、かれこれ申す人があるとは……いや、これは愚痴。お役目とは申しながら、ご大儀に存じます」

ふたりは堺までの護送の役も申しつかってきていたので、おしたくの間お待ち申す、と言って別間に引きさがった。これは、家族との別れを惜しませようとのふたりの好意であった。

ふたりが別室に立去ると同時に、家族の者が走り込んできた。嫡子の道庵、次男の少庵、娘のお吟はひざもとに、門弟らは敷居の外に居並んで、皆、一様にすすり泣いた。

「無念でござります。無念でござります」

道庵は憤激の涙をはらはらとひざにゆりこぼしながら、叫ぶように言った。

「石田治部殿、なぜにこのように当家を憎ませられるのでございましょう。今、あちらで、ご上使のお供衆に聞きますれば、治部殿、以前から、父上のことをいろいろとあしざまに殿下の御前でとりさたなされ、やれ、茶器の目ききにえこが多いの、増上慢《ぞうじょうまん》であるのと申しおられました由、ことにきょうの大徳寺ごさんけいも、治部殿が父上の木像のことを申されてから、急におぼしたたれましたとのこと……」

「なに？」

がくぜんとして利休は叫んだ。

これは意外であった。かれは三成とは親しい仲ではない。会えば会釈をかわすぐらいの仲にすぎない。が、好意のもてる青年として見ていた。

「その人がなぜ?………」

が、瞬間のうちにその動揺は去った。いまさらに、なにを怒り、なにをうらむことがあろう。その人の讒言《ざんげん》がなくとも、早晩下るべき運命ではないか。

「なにを申す、聞き苦しいことを申すな。わしがこうした身になることは、あすの朝日が東から出て西に沈むと同じように、ずっと前からわかっていたことだ。治部殿づれの知ったことか」

「ではございましょうがではない。茶道はなんのためにおさめているぞ。かかる時のためではないか。これから先、もっともっとつらいことがあるぞ。これくらいのことに、そのように取り乱すようでは、いい恥をさらし、父の名を汚すことになろうぞ」

きびしくいましめて、娘のほうを向いた。

「お吟《ぎん》、もそっと近く寄れ」

お吟はたもとをかんで、せぐり上げてくる悲しみをこらえていたが、父のやさしいことばに、こらえかねて泣き伏した。利休の目にも、はじめて涙が浮かんだ。

「わたしが悪いのでございます。わたしがわがままを申さなんだら……」

お吟は切れ切れの声で言いだしたが、それを聞くと、利休はきびしい声で叫んだ。

「黙れ！」

すぐ、おだやかな調子に返った。

「お吟、そちはそちの父をよく知らぬな。わしは、よし、そちが行きたいと言うても、人のめかけなどにはやらぬ男だぞ。それを知っているか。それを知っているなら、さようなことを申すのは、わしを恥かしめることになるぞ。また、これは、そちばかりでなく、皆に聞いていてもらわなければならぬことだが、わしはお吟のことがなくとも、いつかは殿下に殺されねばならぬ者であった。なぜといえば、殿下は天下人、その下に仕える者は、すべての我《が》を捨てて仕える者でなくばご満足でない。ところが、わしは皆も承知のとおり我の強い生れつきじゃ。どうつとめてみても従いきれぬ。わしもまた従おうとはつとめなんだ。芸道の世界が、世俗の権威に従っては、その清らかさが濁ると信じたのじゃ。これが殿下のお気に召さぬ。はじめのうちはよかった。殿下がこのわしの世界では謙虚でいらせられたゆえの。が、この数年このかた、殿下はとんとん拍手のご運のよさに、えらい思い上った心にならせられた。ご自分の意のままにならぬ世界を持った家来がいることが、お気にさわってならぬ。ともすれば、この世の寸尺を、わしの世界に入れようとなさる。こうなっては、わしが自分の世界を捨てぬかぎり、早晩、けんかとなるは必定のことである。けんかとなれば、殿下は天下人なり、わしは一介の茶坊主、こちらが殺されるはわかりきったこと。それゆえ、もうとうから、わしはこういうことになると感じていたのだ。だが、よく聞けよ」

利休は息をついで、うつむいている子どもらから門人らを見渡した。

「わしがこのけんかに負けたなどと思うては大違いだぞ。わしは殺される。だから、形の上ではわしが負けているように見えるが、殺されたからというて、わしの世界、茶道の世界には、毛筋ほどのかかわりはないのだ。いや、殺されることによって、その清純さが保たれるのだ。どう思うぞ。わしのほうが段ちがいに勝ってはおらんかな。わしは、勝っていると信じて、喜んで死んでいくのだ。はは、はは、はは。ことし七十一、どうまちがったところで、この弱いからだでは、あと十年とはむずかしかろう。それが、茶道を守る勇者として死んでいくのだ。喜ばずにはおられまい。喜ばずにはおられまい。はは、はは、はは」

しんとしている座中に、こだまを呼んで、事実、はればれと利休の笑いは響いた。

天になげうつ

一

その夜ふけて、利休は川舟で大坂に下った。さびしい出発であった。護送の者以外にはひとりの送る者もなかった。近くは佐々成政のことで、人の軽薄さはじゅうぶん知っているかれではあったが、十三夜の月の下に、ひとりの人影もなく、霜ばかりが白い舟乗り場を見たとき、利休の心はさびしかった。これが、きのうまで、茶道大博士として、門前市を成した人の出発なのだ。護送の人たちも心を打たれたように、黙り込んでいた。

夜ふけの川の上は寒かった。寒気は刺すようにやせたひざがしらにしみた。

月が傾いて、ちょうちんの火が桃色にゆらいで、東の空がしらむころ、前方の左岸にちらちらと淀の城が見えた。

すると、その時、にわかに、

「おーい、おーい」

と、呼ぶ声が聞こえてきた。見ると、左手の枯れた草のなびいた岸に、ふたりの男が立って、しきりに手を振っていた。湯気のような川霧が立ち、はるかに遠い岸のことで、よくわからないが、たしかにこの舟を呼んでいるようである。

眠っていた富田も柘植《つげ》も目をさました。

「老眼のこと、よくわかりかねるが、この舟を呼んでいるように見えますが」

と言うと、ふたりは、

「寄せてみましょう」

と言って、船頭に舟を寄せるように命じた。川霧をかき乱しながら舟が近づいていくうちに、はっと利休は胸をおどらせた。

細川忠興《ただおき》と古田織部正《ふるたおりべのしょう》のふたりであった。

数ある大名の弟子中、最も利休の嘱望しているふたりなのである。

富田も柘植《つげ》もそれとわかったらしい。不安らしくふり返る利休に、

「細川殿と古田殿でござるな。いかさま、ご両人は、お送りなさらではかなわぬ人たち、かまいませぬ。お会いなされよ」

と、情《なさけ》あることばを添えた。

舟が岸につくと、ふたりは葦間《あしま》の薄氷を踏みくだいて、しぶきを上げて走り寄ってきた。

「このたびは思いもかけぬ」

と言っただけで、ひしと利休の手を握りしめて、ふたりは涙にかきくれた。

「わざわざのお見送り……」

利休のことばも続かなかった。

話したいことは数限りなくあったが、三人ともになにも言えなかった。

利休はわずかに身に添えるものとして携えてきた茶道具の中から、茶じゃくと茶入れとをとり出して、茶じゃくに羽与様《はねよさま》（羽柴与一郎の意）と書いて忠興に与え、茶入れに古織様《ふるおりさま》と書いて織部正に与えた。

「形見の品々はきのう、使いの者をして、お屋敷に持たせつかわしました。これは、茶の湯印可《いんか》のしるしとして、あまりにご厚情のうれしければ、お贈りいたします」

ふたりは泣いて受けた。

「いろいろとてまえのことについて言いふらす者あるげに聞きますが、おふたかた、茶道名誉のため、なにとぞしかるべくお取りなしを……」

「根なしごと、いつまで続くものではありません。われら、誓って、一掃いたしますれば、お心安く」

ふたりは、くれぐれも途中のことを護衛のふたりに頼んで別れた。

このふたりと会ってから、利休の心は、いっそう落ちついてきた。今はもう心にかかるなにものもなかった。

「これでよい、これでよい」

とつぶやきながら、やがて出た朝日とともに、ぽかぽかとあたたかくなった船中に、ぐっすりと寝込んだ。

二

利休が堺の自宅について十五日め、二月二十八日、中村式部少輔一氏《かずうじ》が使者として京都から来て、自刃の命を伝えた。かれは従容《しょうよう》として死の座に直って、辞世の歌と偈《げ》を詠じた。

ひっさぐるわが得道具の一つ太刀《たち》
　今この時ぞ天になげうつ

人世七十力《りき》囲《い》希《き》。
咄々《とつとつ》。吾這宝剣《わがこのほうけん》。
祖仏共殺《そぶつともにころす》。

武道伝来記

一

日当りのよい物置の前に蓆《むしろ》を敷いて、和三郎《わさぶろう》は独楽《こま》をこしらえていた。側に隣家《となり》の美《み》代《よ》ちゃんが坐《すわ》っている。和三郎は九つ、美代ちゃんは六つ。

「ほんとに上手ね」

小刀の動きにつれて、さくさくと木屑《きくず》が散って行くのを見て、美代ちゃんは感心している。

「うん」

和三郎は一寸《ちよつと》得意になって相手の顔を見て微笑したが、その時、急にわいわいいいながら通りを駈けて行く跫音《あしおと》を耳にすると、円《まる》い目を瞠《みは》って耳をすました。

(何だろう?)

(何でしょう)

二人は眼を見合わした――

微《かす》かに笛と太鼓の音が聞えて来る。

ヒューラ、ヒュラヒュラ、ヒューラ、ヒュラヒュラ、ドドン、ドンドン……

「お獅子《しし》だ」

和三郎は飛びあがった。もう独楽もなければ、お美代ちゃんもない。門まで駈けて行ってみると、早春の陽《ひ》のみちた町角の練塀《ねりべい》のしたに真黒に子供が群がって、そこから笛と太鼓の音が聞えて来るのだ。武家の子供らしく、小脇差《こわきざし》を一本ずつ差した子供達のうえに、お獅子の白い毛がちらちらと見え隠れして、陽の加減で金歯がきらきらと光っている。

「ウァーイ、お獅子だ。お獅子だ」

和三郎は顔を真赤にして走って行った。見物しているのは子供たちばかりでない、仲間《ちゅうげん》や小草履取《こぞうりとり》まで出ていた。背の高い痩《や》せた男が笛を吹いて、肥った鞠《まり》のような男が太鼓を叩いて、それに合わしてお獅子は軽快に踊り狂っている。魁偉《かいい》な顔を振り立ててまるで空に舞いあがりそうにのし上がるかと思うと、ひらりと地面に這《ほ》うて、急に勢よく首をもたげる。子供達の上にのしかかって、ぐわっと真赤な口をひろげて、がたがたと金歯を鳴らすと、子供達は覚えず後退《あとずさ》りして、愉快そうに笑い出すのだ。見ている子供達も愉快そうだったが、お獅子のほうでも愉快でたまらないような踊りぶりだった。

和三郎は夢中になって前に出ようとして小さな肩を割りこました。

と、いきなり、ぐいっ！　と、うしろから強い力で押しのけられた。

「あ！」

驚いて見返ると、勘定奉行《かんじようぶぎよう》三千石の的場《まとば》家の仲間が、的場の二番息子の供をして立っているのだ。

「さ、ここからならよく見えまする」

鎌髭厳《かまひげいか》めしい大奴《おおやつこ》は、こちらをふり返りもせず仙太郎《せんたろう》に言う。

「無礼者！」

和三郎は叫んだが、相手はちらと見たぎりで、馬鹿にしたような薄笑いを浮かべて、またあちらを向いた。

「どうでございます。よく見えるでございましょう」

仙太郎のほうは少し驚いたように和三郎を見たが、いつもの冷淡さで、獅子舞いに目をうつした。和三郎はかっとして、奴の袖を捉《とら》えて引いた。

「おのれ、侍に手をかけて。わびぬか！」

奴はいささか驚いたらしかったが、急に意地の悪い顔になると、にたにたと笑った。

「糊米《のりまい》ほどのお扶持《ふち》をいただき、肩につぎの当った着物を着てもお侍とは……、おお、怖《こ》わ、お侍様、あんたその脇差どうしなさるつもりで……」

「エイッ！」

「おッととととと」

和三郎の刀はきらりと一閃《せん》しただけで、その腕は奴につかまれた。

「くそ！」

小松の幹のような大奴の腕力は、九歳の小腕ではどうすることもできない。

「うぬ！」

地だんだ踏んで蹴ったが、相手はびくともせず、

「お強いお強い」

とせせら笑っている。四方に散って道の両側の塀下から見ている子供達のなかに、美代ちゃんの赤い着物が、やけつくように眼の隅にしみた。恥かしかった。くやしかった。小鼻がふるえて、眼頭が熱くなった。

「ほ、お侍様が泣いてござる」

ぽんとつきはなすと、和三郎は二間《けん》ばかりけし飛んで、だっと仰向けに倒れた。余りの手剛さに気力も萎《な》える念《おも》いだったが、弾かれたように飛起きて、刀を閃《ひらめ》かして突進した。

「ほ、怖《こわ》や怖や」

奴は仙太郎を背負《しょ》って走り出した。

「待て、卑怯者」

五間ばかり追いかけた時、

「これ！」

いきなり襟《えり》筋を摑《つか》まれて、ぐんと引戻された。振返ると、父の織部《おりべ》だ。

「父様《とうさま》！　あいつを斬って下さいまし、斬って下さいまし」

「黙れ！」

恐ろしいまで青ざめた織部は、泣き叫ぶ和三郎を引きずって連れ戻った。

二

「和三郎が的場の仲間に手込めになったというではないか」

織部の姉婿山田休右衛門《やまだきゆうえもん》は、座敷に通るなり邸中にひびきわたるような大声でわめいた。

「静かにせい、たかが子供の喧嘩ではないか」

織部は青ざめてはいたが微笑していた。

「子供の喧嘩ですまして置けるか。荒くれ男がいたいけない子供を手込めにするでさえ怪《け》しからぬことだに、侍の子を下郎《げろう》の分際《ぶんざい》で……」

「まあ坐れ」

「それのみでない。土台、あの的場奴《め》が気に食わぬ男じゃ。主が主ゆえ、下郎まであのような不埒《ふらち》を働く。十五年前《ぜん》、きゃつが尾羽《おは》打ち枯らして当地に来たときのことを思うてみい。それを、いささか算勘《さんかん》に明るいとて殿がお用いあって、今日《こんにち》の身分になり上りおったのではないか。すこしばかり羽振りがよいとて、譜代の諸士を見下して、下郎に言いふくめて……」

「口が過ぎはせぬか」

「なに？」

休右衛門は顔色をかえて、きっと織部を見て、

「おぬし、的場を怖れていはせぬか」

織部は微笑して火鉢の火を見つめて、

「下郎に言いふくめてなどと、推量事《あてごと》は言わぬものじゃ」

「推量事？　推量事？」

休右衛門はいきり立った。

「何の推量事であろう。言いふくめずば、下郎の分際であのような無礼を働こうか」

「しかと聞かぬことは言わぬものじゃ」

「おぬし、いよいよ怖れているのじゃな」

「わしがそのような男に見えるか」

「では何故《なぜ》斬り込まぬのじゃ。これほどの恥があろうか。的場と下郎をなぜ首にせぬ」

「的場も武士、今に挨拶があろう」

「挨拶がなくば斬り込むか」

「……」

「斬り込むか」

「一家の私事、ほって置いてくれ」

「なに？」

休右衛門は片膝立てた。

「何たるたわ言！　一家の私事とは何たるたわ言！　一家一門、縁につらなる我等が恥、広くいえば日本武士の作法の崩れでないか。われらも合力《ごうりき》しよう。斬れ、斬り込め、斬らずばおぬしの武士は立たぬ。武士の作法は崩れるぞ」

「所詮は子供の喧嘩」

「怯《おく》れたな、おのれ」

「子供の喧嘩を取上げねば武士が立たぬなど……」

「聞かぬ！」

「待て、わしは……」

「言うな」

「武士の道とは左様なものではないと……」

「言うな！　かようなきたない心であろうとは、今の今まで知らなんだ自分の心がくやしい。よくもおのれ如き臆病者と縁に連《つらな》った」

すっくと立った休右衛門は、はらはらと涙を流すと、どさりとふところから風呂敷包みを投げ出した。

「連なる縁に合力しようと、鎖帷子《きごみ》まで用意して来たに」

だが、織部は青白く眼を閉じたきりだった。

「思い返す気はないか」

「ない」

「おのれ、それで武士か」

休右衛門が怒号したとき、和三郎が駆け込んで来て、泣きすがった。

「おじさま」

「おお！　そちの父《てて》は、そちの父は……」

休右衛門も泣声をしぼった。

「連れて往《い》んで、あの下郎奴を斬らして下され、斬らして……」

「おお、よく言うた。よく言うた。そちの父は武士の作法を取落した見下げ果てた男じゃ。おじが討たしてやる。おじが武士の道を立てさしてやる。来い」

休右衛門が和三郎の手を引いて出て行こうとした時、織部は刮《かっ》と眼を瞬《みひら》いた。

「待て、人の子を何とするぞ」

「恥じろ、子に。和三郎は武士の家、間宮家の子だ。ひとりおのれの子ではないぞ。間宮家先祖代々の子だ。武士の道を立てさせねばならぬ」

「和三郎はわしの子だ。来い、和三郎」

いつになく鋭い声で言って、ぐっと睨みつけた。和三郎は立ち竦《すく》んだ。

「来い、和三郎、そちは織部の子ではない、間宮家の子だ。武士の道を立てねばならぬ」

「和三郎はわたしの子だ。真《まこと》の武士間宮織部の子だ」

「ははははは、おのれが武士だと、おのれが武士だと、わはははは、これはおかしい、これはおかしい」

休右衛門は泣き笑いにも似た哄笑をあげた。

「おぬしにはわからぬ」

織部は青白い微笑をふくんで言った。

「わからぬで結構、真の武士は臆病者の心はわからぬものじゃ。来い、和三郎」

「行くでないぞ、父はゆるさぬぞ」

「来い和三郎、そちは口惜しゅうないか。武士の道を立てようとは思わぬか……行かぬのか和三郎、あの下郎、憎いとは思わぬか。武士が手込めに逢って恥とは思わぬか」

休右衛門の声は次第に悲痛なひびきを帯びてきたが、和三郎は動かなかった。いつになく厳しい父の眼に、身も心もその場に立ち竦んでしまった。

三

的場射る矢の二つに織部
ままよ二百石
すてるにゃ惜しく
わっさ和三郎
横ッちょにかぶれ
破れかぶれの破れ笠

しっとりとした春の夜の暗《やみ》を、しずかな唄声が過ぎて行った。

二十一の青年に成長した和三郎は、鋭い恥に首を垂れた。低い竹垣の向うに、十八の美代も黙っている。二人の上には、夜気にうなだれた八重桜が夢のように仄白《ほのじろ》く咲いていた。永い沈黙の時間が過ぎた。

「和三郎様」

「お聞きかあれを」

美代は白い顔を伏せた。

「あれをお聞きか」

和三郎はいら立たしく言ったが、すぐ嘆息するように、

「お聞きでござろうな」と言って首を垂れた。

また沈黙がつづいた。

「十二年前のあれがため、今だにああして小唄にまでうたわれている」

和三郎は独り言のように言った。

「侍の道を知らぬ者、侍交わりのできぬもの、間宮父子はそう言われている。父はいかなる心でか、恥ずる色もなくああして出仕しておるが、若い拙者《せっしゃ》の心、世間の人に顔を合わせるのがどれほどつらいことか。朋輩共《ほうばいども》と話をしても、その笑いの陰に嘲《あざけ》りがある

う、さげすみがあろうと思うと、もう居ても立っても居られぬ。ただそなたにのみ、いや、そなたにすら、恥じずにおられぬ……」

「和三郎様、和三郎様」

美代は垣の上にからだを乗り出して和三郎の肩に両手をかけた。黒々とした眼に涙が光って、

「なぜそのようなことを言われます。美代が心を……」

和三郎は美代の両手をにぎりしめた。

「疑ってはいぬ。疑ってはいぬが……」

「誰が和三郎様をさげすみましょう。和三郎様はあの時、まだ子供でござりました。無礼な下郎を成敗《せいばい》されようとなされただけでも、並の子供には出来ぬことでございます。それからのことは、おじ様にこそ人はいろいろと申しましょうと、何であなた様のことをかれこれ言いましょう」

「だが、拙者はその父の子、早い話が、そなたの父様《とうさま》とて、二人の仲を許されようはずがない」

「いいえいいえ、許さずば……」

「許されねばとて、死にもならず、駈落ちもならず。よも、そなたとて恥の上塗《うわぬ》りする決心はつくまい。つくまいがの。つくまいがの」

和三郎の様子は、痛む齲歯《むしば》を揺り動かして一層痛くして喜ぶ人にも似ていた。

「所詮は遂げられぬ二人、拙者は断念しよう故、そなたは遠慮なく的場に嫁《い》って……」

「いえいいえ」

美代は叫んだが、そのまま黙ってしまった。和三郎は鋭い嫉妬を感じながら次の言葉を待った。いつまでもいつまでも黙っている美代である――ぽとりと夜露がどこかで落ちた。

「ああ、いいことがありまする」

美代は晴れやかに叫んだ。

「お城試合の時、あなた様、勝って下さりませ、何人も何人も負かして下さりませ。そしたら、父様はあなた様を気に入るに違いありませぬ」

「お城試合は、拙者は白組、的場は赤組と敵味方に分れておるが……」

「ああ、いい都合。では的場様も負かして下さりませ」

「ははは、的場とて長沢《ながさわ》門下では指折りの遣い手、そう易々《やすやす》と勝てもすまいし、第

一、都合よく組み合うかどうやらもわからぬこと」
「いえいえ、きっと組み合いまする。組み合うように美代が祈りまするもの。そしたら、きっとあなた様が勝てます」

「ははははは、それもそなたが祈っておるか」

「ええ、ええ、祈ってもおりますし、あなた様はお強いのですもの。戸川《とがわ》様の御門下では一と言って二とは下らぬお人ですもの。お勝ちになりますとも。ええ、ええ、きっと」

子供のように明るい美代の言葉を聞いていると、和三郎も少しずつ希望がめぐみはじめて来た。

四

藩に二人の剣道師範、戸田流の戸川八郎左衛門《はちろうざえもん》と小野派一刀流の長沢勘兵衛《かんべえ》との門人たちが試合するわけだが、数年前の騒ぎに懲りた重役たちが、両門の試合とせずに、敵味方に入りまじえて組合わせたので、戸川も長沢も至極《しごく》楽しそうに世話をやいていた。

殿も楽しそうにしておられた。午《ひる》にちょっと休息されただけで、今の時間にしてざっと五時間ばかりにもなるのにその仄かに紅潮した顔に、絶えず微笑を浮かべておられるのだった。

だが、若武士《ざむらい》たちは暢気《のんき》にはしておられないのだった。年に一度のこのお城試合の結果が、役付きや重役たちの受けや、そんなものに関係して来ることを知っていたので、しぜんと強い緊張を感ぜずにはおられなかった。

午からは、両門選《よ》り抜きの者だけが残されて、三本勝負の勝抜き勝負となった。

和三郎は強い緊張感に真青になっていた。おさえてもおさえてもふるえが腹の底から湧《わ》き上って来るのだ。戦況は味方の不利だった。十人の戦士が六人まで斃《たお》されて、いま七人目が戦っているが、これも已《すで》に初太刀《しょたち》をとられている。次は和三郎の出番である。

敵のほうはと言えば、まだ四人目が出ているに過ぎない。そして、当の的場は、はなやかな朱塗の胴をしめて、鷹揚な微笑を白い顔にうかべて、敵の最後にひかえている。

「六人斬らねばあすこまで行けぬ」

和三郎はつぶやいた。六人のなかには同門のものもあれば、長沢門のものもある。長沢門のことはよく知らないが、同門の相当な遣い手の連中と肩を並べているところから見ると、相当な手剛い敵には違いない。

「勝てるかしら」

和三郎は、不安になった。対に組んでは負けようとは思わぬが、三人を斃し、四人を斃して疲労すれば、途中で斃れるかも知れぬし、たとえ行きついても他愛なく敗けては……

「あ！　かようなことを考えてはならぬ。虚心に、虚心に」

あわてて心を叱りつけた時、

「そろそろ面をかぶっては」

隣のものが注意した。

冷たく頰に触れる面の感触、きりりと紐をしめて、面金《めんかね》の間からもう一ぺん的場を見た。微笑は依然としてその顔にあった。

「奴、安《やす》んじ切っている」

同時に、

「お胴！」

という叫びがした。又、味方が負けたのだ。

和三郎は出て行った。

竹刀《しない》をかまえてずっと立上ると、ふるえはいつの間にか止んでいた。もう彼の心には勝ちもなければ負けもなかった。敵もなければ味方もなかった。何かしら、広々とした天地に出たような恍然《こうぜん》とした念いが身を浸していた。

「ややややややや」

鋭い気合と共に、ピリリ、と敵刃《てきじん》が動いた。

「面なり！」

和三郎は電撃のごとく斬って出た。

「よし、あと一本」

戸川先生は叫んだ。見事な勝ちだった。わっと場内は湧き立った。

剣神の憑《の》りうつったかと思われる和三郎であった。湧き上り迸《ほとばし》る闘志を抑えかねるように、一人を倒し、次を待つ間も、いらいらと剣を振った。

そして、相対するや、一合《ごう》を交える余裕も与えず、一撃ごとに敵を倒して、瞬く間に六人を斬って落した。

五

和三郎が六人を斬るあいだ、的場仙太郎は落ちつき払っていたが、顔は著《いちじる》しく青ざめていた。その顔を見たとき、皆は今更のように両家の関係を思い出した。

「遺恨試合」

二人が恋の競争者であることは、等しく皆の胸をついた念いだった。

仙太郎はもどかしげに待っている和三郎をじろりと見て、落ちつき払った態度で、ゆっくりと面をかぶった。

「卑怯な！」

気を抜く敵の策略と見た和三郎は、一層もどかしげに足を動かして剣を振った。

「落ちつけ、落ちつけ」

味方はうしろから注意したが、どこに落付く必要があろう。未萠《みほう》の機を察し、転瞬《てんしゅん》の虚に乗ずるいまの和三郎の神技は、ときとしてすぐれた芸術家におとずれるあの霊感に似たものであった。彼はこの霊感に乗じて戦うべきである。一度《ひとたび》この霊感が去って直後においては、彼は凡庸以下の剣士に堕了《だりょう》し去るかも知れない。

「来い！」

和三郎は叫んで床を蹴った。

「おう！」

仙太郎も叫んで飛び出した。

これは？　というように、戸川八郎左衛門は裏見分《うらけんぶん》の長沢勘兵衛と目を見合わせた。

そして、うなずき合って叫んだ。

「いずれが勝つも負けるも、この場かぎり、あとの遺恨を存すれば不忠だぞ」

「は」

「勝負三本」

じりじりと二人は立ち上った。同時に、

「面なり！」

迅風《じんぷう》のごとく仙太郎の剣が飛んで来た。

「胴！」

水にひらめく光のごとく和三郎は飛び退《の》いた。

「胴あり！」

戸川先生の声。

「あと一本だな」

和三郎は考えた。六人を斬る間には湧きもしなかった考えである。余裕か。いや、霊感は已に彼を去りつつあったのだ。熱の退《ひ》くように意気が沈退して行った。

「これは！」和三郎はあせった。途端！

「小手なり！」

八双《はっそう》にふりかぶった仙太郎の剣は陽炎《かげろう》のようにひらめいた。

「面なり！」

同時に面に切り込んだ。

「小手早し。仕合それまで。引分け！」

和三郎はよろめいた。引分けと。これが……

「引分け！　勝負なし」

再び戸川先生は叫んだ。

六

百二十畳の大広間に虹のような酒の気がみちていた。試合後の御酒下《ごしゅくだ》されの宴席なのである。殿も重役も気を利かせて早く退席したので、若い者だけが残っているのだ。すっかり障子を開け放してあるのだが、夕方から花曇りに曇った天気はむしむしとむして、あまり酒のいけない和三郎は頭が重かった。

「おぬしの今日の働きはすばらしかった。人間業とは見えなんだ」

先刻《さっき》からこの男が放さないのだ。美代に今日の結果を話したいし、もう帰っているはずの美代の父の新兵衛《しんべえ》が自分の今日の働きをどう思っているかも聞きたいし、早く帰ろうと思うのだが、好きなくせに大して酒量のないこの同門の男は、べろべろに酔っ払って、同じことを何遍もくり返しては、どうしても座を立たせないのだ。

「怪我《けが》だ、怪我だ、わしの力ではない」

「たとえ怪我にもせよだ。すばらしい。まあ飲め」

「もう飲めん」

「まあいい、強《し》いはせん。強いはせんが、ほんのちょっぴり」

無理に盃をさして、ゆらゆらとからだをゆすりながら、

「が、惜しかったな」

「言うな、言うな」

「言うなと言うてもさ。尋常の勝負であって見よ。的場もやられているはず」

「言うな」

「そうか。言うなとあれば、もう言わん。が、惜しかった」

ぺろりと平手で顔を撫でて、ぐったりしたかと思うと、急にむっくりと顔を上げて、

「おい、返盃せんか」

「うむ」

盃をさして、銚子をとると入っていない。

「空《から》か。では持ってくる」

と相手が立って行った間に、和三郎は広間を出て、薄暗い控所で刀をさしていると、

「や、間宮はどこに行った。逃げおったな」

叫ぶ声がして、どたどたと廊下に出て来た。

「ちぇ！」

舌打して、急ぎ足に玄関のほうに行ったが、

「逃げおった、逃げおった。間宮和三郎、逃げるとは卑怯だぞ」

酒濁りした声でわめきながら、こちらに来るのだ。

「困った奴」

つぶやいて、わきの小暗《こぐら》い小部屋に入った。

「居らん居らん、すばやい奴」

つい手前まで来て、あきらめて引返して行った。和三郎は微笑して部屋を出ようとしたが、そこにまた二三人声高《こわだか》に話しながら来る者があったので、そのままじっとしていた。

「どうだな、今日の間宮の働き」

つつ抜けに聞えてくる。

「わしは調子づいたのだと思う。実際の技倆はあれほどではあるまい」

「馬鹿げた試合だったな、むしろ。しかし、あのままやらしたら、的場も危かったな」

「だからあの裁きだ」

「老巧なさばきだったな。何しろ、あれ以来の両家じゃからの」

「あれ以来といえば、間宮も織部の子では、たとえ腕がすぐれていても、畑水練《はたけすいれん》のたぐいかも知れぬの」

「そうとも、実戦は技倆より勇気じゃからの」

和三郎は唇を噛んだ。

的場射る矢の二つに織部
ままよ二百石捨てるにゃ惜しく

………

宴席で唄っている声が聞えて来た。

七

飲み足らぬと見えて、鈴木《すずき》新兵衛は帰宅してから酒を命じた。いかつい顔だが、美代に酌をさして酒を飲むときだけは、至極の好々爺《こうこうや》になるのだ。

「隣家《となり》の和三郎様はどうでござりました」

美代は酌をしながら軽く当ってみた。

「うむ。なかなかうまく遣いおる。六人斬って、七人目は引分けの勝負なしじゃ」

上機嫌だ。

「まあ」

美代は胸を波立たした。

「で、的場の仙太郎様は」

「あれもよく遣いおる。これが分けの相手じゃ」

「そう」

なぜ、ついでに負かしておしまいにならなかったのだろう。

「和三郎様はえらいのね」

「うむ、えらい」

「ほんとにえらいのね」

「ほんとにえらい」

「お父様お好き?」

「うむ、まあ」

「お好き?」

新兵衛はじろりと娘の顔を見た。美代ははっとして、うつ向いた。

新兵衛は怖い顔をして、だんだん赤くなって行く娘の頸筋《くびすじ》を見ていた。

八

暈《かさ》をかぶった月が出ていた。和三郎は長いこと待った。

「今夜は駄目かしら」

煙のような月光のこめた菜園の向うの植込みを見つめて、和三郎はつぶやいたが、立ち去れなかった。このままでは寝られない気がしたのだ。

また半時ばかり立った。

「駄目かな」

やっと、あきらめかけた時、植込みの陰に人影が見えた。

「やっと来た」

じっと目を凝らしていたが、それが誰だかわかると、

「あ！」

和三郎はうろたえて、足を戻しかけたが、早くも、新兵衛は呼び止めた。

「和三郎、美代は武士《さむらい》の娘だ。武士でない者の子にはやれぬのだ。今までのことは咎《とが》めぬ。これからは、一切口も利いてくれるでないぞ。頼むぞ」

新兵衛の言葉が静かであっただけ、和三郎は身を切られるような気がして、黙って顔を伏せていた。

「おぬしは気の毒な男じゃが……」

新兵衛はつぶやくように言って、くるりと向うを向いて、立ち去った。

九

「和三郎、そなたは父様のお看護《みとり》もせずに、また酒を飲んでおりますな」

母は情なさそうに言った。夏から病みついた織部は、この二月ばかりの間に、今日明日をも知らぬ重態になっているのだ。

「飲みまする」

和三郎はふてぶてしく言って、机にのせた茶碗をとって一息に飲んだ。苦かった、むせ返るような気がした。

「どうして、まあ、そなたは」

母は涙ぐんでいた。

「おいて下され。折角《せっかく》の酒がまずくなりまする」

和三郎は又飲んだ。いつもうまいと思って飲む酒ではないのだ。

「明日とも知れぬ父様を半刻《はんとき》と看護《みと》ったこともなく……」

「おいて下され」和三郎はごろりと横になった。

「和三郎は父様のお顔が見とうござりませぬ。いくら学問に励もうと、剣術に精出そうと、父様の子では和三郎の行方は闇《やみ》でござります。あんな父様、見るもいやでござります」

「不孝者！」

「ああ、不孝者で結構でござります。臆病武士の子には不孝者が丁度《ちょうど》よろしゅうござります」

母は涙ぐんだ眼で睨んでいたが、頭を垂れてしおしおと立ち去った。一人になると、和三郎の眼からあふれるように涙が出て来た。涙は頬を伝い、畳の上をべとべとと濡らした。和三郎は濡れた畳に頬をつけてじっとしていたが、むっくりと起き上った。

「闇、闇、闇、闇」

こんな文字が眼の前にちかちかと飛び廻った。和三郎は徳利に口をつけて、ごくごくと呷《あお》った。咽喉《のどや》が灼けそうな気がした。

「灼ける、灼ける」

心にくり返しながら、一滴も残さず飲みほした。

「苦い！」

ごろりと徳利をころがして、熱い息を吐いた時、

「和三郎、和三郎」異様なはげしさを持った母の声が聞えた。さすがにぎょっとして耳をすますと、

「和三郎、来て下され！」

病間の方で叫んでいるのだ。和三郎はのろりと立ち上った。

夥《おびただ》しく血を吐いている父だった。一時に和三郎は酔がさめた。蓬々《ぼうぼう》と伸びた月代《さかやき》、髯《ひげ》、亡霊のように痩せ衰えた顔——だが、織部は床の上に端坐《たんざ》して、眼だけはきらきら

とかがやいて、「騒ぐな」と狼狽《ろうばい》している妻を叱っていたが、和三郎を見ると、微かに笑って、

「坐れ」と細い、しかし、しっかりした声で言った。

（済まなんだ）和三郎の胸につき上げて来る思いだった。

「おやすみになって」寝せようとしたが、織部は首を振った。

「わしはもう今夜あたりいけぬらしい。それで、そちに言い残して置きたいことがあっての」

「横にお楽になりになって」

母も側から言ったが、また首を振った。

「そちはわしを恨んでいようの」

「………」

「それも無理はない。がの、わしはこう思うていたのだ。武士という者は、私の怨《うらみ》や私の意地で命を捨つべきでない。どこまでもお主《しゅう》の役に立って死なねばならぬ。それがためには恥も忍ばねばならぬし、嘲りもこらえねばならぬとの。そちは木村長門守《きむらながとのかみ》と茶坊主の話を知っていよう。長門守は権現《ごんげん》様が武士の亀鑑《かがみ》とまで仰せられた方じゃが、も

し、あの花々しい戦死を遂げられるまでに、病死でもされたらば、臆病者の汚名は末代まで消えずに残ったであろう。武士の道はつらいものじゃ。身の晴《はれ》、身の名を思うてはならぬ。わしも的場を斬って捨ててと思わぬではなかったが、この考えを持つわしには、出来なんだ。そちもつらかったろう。お城試合の話も聞いている。隣家《となり》の美代どののことも知っている。じゃが、この父のこの心を酌んでくれ」

　はじめて知る父の心に、和三郎は身が石に化するかと思った。

「わしは、わしのこの覚悟を御奉公に現わす機《おり》もなく、臆病者の名を負うて死んで行く。じゃが、じゃが、そちは、そちは……」

　はげしい咳が出て、かっと血が床の上に散った。

「あ！」妻子はうろたえて立上ったが、織部はそれを制した。

「そちは、一生をかけて、一生をかけて、一生をかけ、わしの名を、わしの名を……」

　一語ごとに、咳は言葉を遮《さえぎ》り、血は言葉と共に迸《ほとばし》った。

「手を、手を」

　不明瞭に叫ぶと、和三郎の差出した手をしっかとつかんだ。

「父様、父様、父様……」

「たのむ」

声が、細く短くなって、織部は引ずり込まれるようにうつ伏して行った。

父を葬送《おく》った翌年の春、和三郎は江戸屋敷の若殿付きを命ぜられた。お城試合に現わした腕は、多少の認められるところがあったのである。一方、また、どういう重役達の考えであったか、的場仙太郎もまた若殿付きを命ぜられた。

十

突然、先駆《せんく》が騒ぎ出した。何かしきりに罵っている。御親戚の脇坂《わきざか》家からおかえりの、若殿の行列が細川《ほそかわ》家の門前にかかった時である。後《あと》乗りの和三郎が馬を走らせて行くと、

「突き倒して通れ！」

馬上に叫ぶ的場仙太郎の鋭い声がして、同時に突き飛ばされた者があった。仲間体《てい》の男である。泥だらけになって門内に駈け込んで行った。

「ざまァ見ろ！」こちらの供廻りの者は一様に叫んだ。

「どうしたのだ」と聞いてみると、塀の掃除をしていた細川家の仲間のまいた水が、ちょうど辻を曲って来かかったこちらの先駆の者に、ざぶりとかかったというのだった。

「早くやれ！　何をぐずぐずしとる」

仙太郎は和三郎を尻目にかけて叫んだ。

と、その時、わっと門内に声が上って、六尺棒をもった仲間共が、四五十人押し出して来た。

「ど、ど、どこの小《こ》大名か知らねえが、御家《おいえ》の仲間を泥だらけにされちゃ殿様に申しわけがねえ」

半裸のたくましい奴《やっこ》が、真先に立って大手をひろげた。

「どいつもこいつも、泥雑炊《どろぞうすい》を振舞わねえことには腹が癒《い》えねえ。さあ、野郎共、かかれ」

「合点《がってん》だ！」どっと犇《ひし》めいた。

「斬れ、斬れ、斬りすてて通れ」

仙太郎は真青になって怒号した。

「おおッ！」

一同が答えて刀の柄《つか》に手をかけた時、

「待て！」と叫んで和三郎は立ちふさがった。仙太郎はそれが和三郎であることを知ると、

「怯《おく》れたか、おのれ」と罵った。和三郎は微笑した。

「おまかせ願えまいか」

「なに！」

「若殿の御身の上こそ大事、貴殿はこれより御守護しておかえり下され。あとは拙者が身にかえてすませましょう故」

「おぬしが？」

仙太郎は、にくにくしげに和三郎を見つめていたが、急に火のついたように叫び出した。

「拙者も残ろう、拙者も残ろう」

「いや」和三郎はまた微笑した。

「このようなことは、拙者ごとき者に丁度ふさわしい。御手をかけられるほどのことはござらぬ」

そして、くるりと仲間共の方をふり向いて、慇懃《いんぎん》に言った。

「拙者が一人残って御挨拶するが、それで御勘忍願えようか」

仲間達はあっけに取られて返事をする者もなかったが、しばらくすると、真先に立った音頭振りが、思いきり悪そうに皆の顔を見廻しながら言った。

「それァ、まあ、それでもよいが」

「そうか、では」

和三郎は味方に合図した。行列は粛々《しゅくしゅく》と通り過ぎて行った。和三郎は馬を止めて行列の遠ざかるのを見送っていたが、十分に遠ざかったと見るや、

「直々《じきじき》にお老臣《としより》方にお話し申す」と叫んで、一鞭《ひとむち》をあてた。

「あっ！」驚いて追いすがったが、和三郎はふり返りもせず、門前に乗りつけるや、ひらりと飛び下りて、すたすたと入って玄関にかかった。

「いずれより」

中年の武士が執次《とりつぎ》に出て来た。

「拙者は」和三郎はしずかに口を切った。

「松平石見家中《まつだいらいわみかちゅう》のものでござるが、ただいま、若殿御供をいたして御門前を通行いたしましたところ御当家仲間の掃除の汚水、供のものにかかりましたため、拙者指図して突倒して通行いたしました。しかるに、その遺恨を散ぜんとでござろう、四五十人の人数、手ん手《で》に棒を振りかざして行手をさしふさぎ申しました。あの面々に渡り合いましたならば、御門前をお騒がせ申すは必定《ひつじょう》のこと。それも如何なものなれば、御庭先を拝借申して切腹仕《つかまつ》り、彼等が意趣《いしゅ》を晴らさせんと存じまして、これまで参上いたしました」

「しばらくそれへ」

執次の武士は青くなって内へ飛び込んで行った。

（死ねばよいのだ）

死を覚悟した男の心のすがすがしさ。二十一年の生涯に、はじめて味《あじわ》う爽快な気持であった。美代への恋も、的場一家への恨みも、家中の誹謗《ひぼう》も、この時を機にして朝霧のように消散しているのだ。

「父上、今こそ」

和三郎はよろこびにみちて、声なき声で叫んだ。

「お待たせ申しました。こちらへ」

再び出て来た執次の武士に案内されて通った座敷には、重役らしい六十前後の小柄な老人が坐っていた。

十一

両家不和の基《もとい》となることを恐れたのであろう、細川家の方では、自由に引取ってくれと言うのだったが、和三郎は頑固に言い張った。

「仰せは忝《かたじけな》きことながら、拙者も武士、今更おめおめと引取る事はできませぬ。拙者の申しつけ悪《あ》しきため、下賤《げせん》の者に天下の諸侯たる者が行列の途《みち》を塞がれましたこと、この上もなき恥辱、とにかくもお庭拝借いたしとうござる」

「当家のほうでも、かように折れておるのでござれば、貴殿の方も」

物馴れた様子の老人だが、ほとほと困り抜いているのだった。

「いや、拙者一人の身ならば、拙者の勘弁にて相済むことながら、主家《しゅか》の恥、おめおめと引取りましても、主人承知はいたさぬでござろう。是非共、お庭先を拝借申しまして……」

「後刻《ごこく》、当家より御挨拶の使いを……」

「いや、拙者の身より起りましたこと、拙者一人にて形《かた》をつけとうござる」

事実、和三郎は死ぬつもりであった。老人は当惑げに打案《うち》じていたが、しばらくして、

「しばらくお待ち下され」と挨拶して奥に入って行った。

和三郎は眼を閉じ、腕を組んで待ったが、間もなく、しずかに唐紙《からかみ》が開《あ》いて、足音がしたので、見ると、高貴な容貌をした人が、先刻《さっき》の老臣を随《したが》えて入って来た。

「殿でござる」

老臣は恭々《うやうや》しく紹介した。思いもかけないことだった。和三郎は敷物を退《さが》って平伏した。

「平《たい》らに、平らに」

細川越中守《えっちゅうのかみ》は、こう言いながら坐った。

「当家奴共、無礼を働いて御行列をさし塞ごうとした由、怪《け》しからぬこと。申訳もない。重立《おもだ》ったもの三人、ただいま成敗《せいばい》申しつけた。これで、得心して帰ってくれぬか」

夢を見ているような気がして、和三郎は返事ができなかった。

「不得心《ふとくしん》かの」

「忝く存じまする。何事もこの上は申上げませぬ」

「重畳《ちょうじょう》々々」

越中守は立ち上って行きかけたが、ふとふり返った。

「名は何と申すぞ」

「間宮和三郎」

「年齢《とし》は」

「二十一歳に罷《まか》りなりまする」

「石見殿はいい御家来を持たれた。余は羨《うらや》ましい」

しみじみと越中守は感嘆した。

十二

癇癖《かんぺき》の強い石見守である。家臣達はうつ伏している膝の前にゆらゆらとゆれながら動く殿の影を見て、はらはらしていた。白昼のようにともし連《つら》ねた燭台の間を、しばらくも静止せずに歩き廻っているのだ。

「まだ使者はまいらぬか」

石見守はまた叫んだ。

「は、まだ……」一人が答えると、

「そち行って死骸引取ってまいれ。後《あと》は後で余に考えがある」

殿は殆ど憎悪にも似た声で叫んだ。

「は」答えて立ちかけた時、あわただしい足音がして、若侍が入って来た。

「申し上げます。間宮殿、ただいま帰って見えました」

「何？」

殿の叫びと同時だった。和三郎は入って来て平伏した。

「そちは、そちは……無事であったか」

殿は殆どあえいだ。

「はっ」

和三郎は、手短かに事の次第を物語った。

「かように仰せられますする故、死急《しにいそ》ぎするも無益《むえき》のことと存じまして……」

「わはははは」

殿は哄笑した。

「出来《でか》した、出来した。伝え聞く唐土《から》の藺相如《りんしょうじょ》とやらの功にも比すべき働き。余が見込みに違《たが》わざった。加増三百石取らして余が供頭《ともがしら》にしよう。出来した、出来した……」

和三郎は平伏していたが、肩のあたりがぶるぶるとふるえて来ると、低い声で言った。

「有難き仰せながら」

「なに?」

急に、殿は不機嫌になった。

「不足か」

「何しに」といいかけて、和三郎ははらはらと涙を流した。

「有難き仰せながら、この寸功を賞し給わんとの御心ならば、お暇《いとま》賜わらばこの上の……」

一座は愕然としたが、殿の驚きは最も甚だしかった。

「なに、なに、なんと申す。余に不足あってのことか。但しは……おのれ、越中奴《め》に利を以て誘われたな。彼は大藩、余は小藩……」

「お情なきお言葉……」

「言うな」

「しばらくお鎮まり下さりませ」和三郎はまた泣いた。

「亡父織部、臆病未練の名を負うてこの世を去りましたが、その末期《まつご》に拙者を呼んで申しますよう、武士は一筋に上《かみ》への忠を思うて、身の恥、身の名を顧《かえりみ》るべきでない。一旦の憤《いきどお》りにまかせて家中相争うが如きは、上への不忠、先祖への不孝、これより甚しきはない、とかように申しました。拙者は父のこの深き志を知る由もなく、父を恨み世を憤って、不孝のかぎりをつくしましたが、父の心を知りましてよりは、一筋に父の名を雪《すす》ぐことに心掛けました」

和三郎は、せき上げる涙を止めあえず、言葉をとぎらした。

「……」無言でうなずく殿の眼にも涙があった。

「拙者は、今日《こんにち》幸いにいささか父の名を雪ぐことを得ましたが、不敏の性《せい》、父ほどの心の修練がございませねば、この後、父ごとき立場に立ち至りました折、われながらわが身の心覚束《おぼつか》のうござります。身の恥、世の嘲りに心を乱さず、一筋に忠を存することが出来ますや否《いな》や。又、一方、拙者としては子孫のことを考えまする。子孫をしてこの苦しみを嘗《な》めさせるに忍びませぬ。されば、これを機に武士の道をやめ、百姓町人の身となり……」

和三郎は、又むせび泣いた。一座は愁然として、そこここにすすり泣きの声が起った。

「武士の身のつらさのう、惜しき者ながらさほどに思い込うだものを……」

殿は涙を払ってこう言うと、奥へ入って行こうとした。すると、

「しばらく」

と、末席《まつざ》から呼びかけて、真青な顔をして仙太郎が顔を上げていた。

「拙者にもお暇を下さりませ。すべては拙者より起りましたこと……」

「知っておる。が……」

「でなくば、拙者に切腹仰せつけ下さりませ」

必死の顔色《がんしょく》であった。なるほど、こうなっては、仙太郎としては、おめおめと家中に止まっておられるわけはないのである。

「是非がないのう」

嘆息と共に殿は言って、足早《ば》やに奥に入って行った。

「和三郎殿」

仙太郎は和三郎の前に来て、手をついた。

「拙者故に、故織部殿ごとき御人《ごじん》を、あたら汚辱の中《うち》に……」

「いやいや、凡人の悲しさ。いろいろと思いまどうこともござったが、今となってはうらみもござらねば、憤りもござらぬ。お互に天涯無禄《てんがいむろく》の浪人の身の上、改めて御懇情、お願い申しまする」

「穴あらば入りたき思い」

仙太郎は首を垂れて、とぼとぼと退って行った。すると、又、側に来て呼びかける者があった。

「和三郎、美代を貰うてくれまいか」

その頑固な顔を涙だらけにしている新兵衛である。

「美代殿を？」

和三郎はさびしく微笑した。

「拙者は今日《こんにち》かぎり武士をやめ申した。心も形も、今日をかぎりに武士をやめて、鍬をとり、鋤《すき》をかつぐ身の上……」

「いや、いや、そちこそ武士。まことの武士じゃ。貰うてくれ、貰うてくれるの……」

老人は、和三郎の手をつかんで、さめざめと泣き出した。

蘭陵の夜叉姫

一

蘭陵《らんりよう》は、今の山東省嶧県《えきけん》の東にある。古い時代から、名邑《めいゆう》をもって称せられている。今も中華料理屋などにかかっている聯《れん》に、次のような文句が書かれているのを見る人が多いであろう。

蘭陵の美酒鬱金香《うこんこう》
玉碗盛《もり》来る琥珀光《こはくこう》

詩聖李太白《りたいはく》の詩句であるが、——つまり、酒の名所でもあったわけである。

唐代の中頃のこと、この町に不思議な噂が立ちはじめた。

春の一夜、友達の家に遊びに行った崔生《さいせい》という青年が、ほろよい機嫌で、おぼろげな月影をふんでかえってくると、途中に、これまで見たことのない立派な屋敷があった。高い塀をめぐらし、大きな門をそなえ、宏壮な屋敷である。

「おや、いつこんな屋敷が建ったんだろう」

いぶかしがって、立ち止まって見ていると、門内から女中風の少女が出て来て、ていねいにおじぎをして言った。

「あなたは、崔生さまですね」

「そうです。――しかし、どうしてぼくの名前を知っているんです」

少女は笑った。

「あなたはこの地方の名士でいらっしゃいますもの、どうして知らないことがありましょう」

崔生は名士といわれるほどの人物ではなかったが、こういわれて、ちょっといい気持になった。せいぜい名士らしい様子をつくって、

「オホン、この屋敷は、どなたの屋敷でしょうか?」

と、聞いた。少女は、はっきりとは答えなかった。

「ある高貴な方の屋敷でありますが、お入り下さいませ。主人が待ちかねております」

「ぼくをですか?　どうしてぼくが御門前に来たことを、お知りなのでしょう」

「それは存じません。わたくしはただ主人の命令を奉ずるだけでございます」

酔っていたし、少女は美しかったし、つい、崔生は承知する気になった。

「ごもっともです。——では、御案内願いましょうか」

と、少女のあとに従った。

空に半輪の月がかかっているので、庭園の美しいこと、殿閣《でんかく》の雄偉なこと、はっきりと知ることが出来た。

「これは大へんな豪家だぞ。一体誰の屋敷だろう」

崔生は、あれやこれやと、記憶のページをくったが、思いあたらなかった。

少女は、丹《に》塗《ぬ》りの円柱がすくすくと立ちならんでいる庭に面した廊下を、いくまがりもしながら、奥へ奥へとつれて行って、やがて一室につれこんだ。

壁には様々の色糸で花鳥を縫いとりした壁掛がかけられ、床には朱、青、黄等の色々な甃石《しきいし》を塗りこめてある壮麗な室であった。真中に丹塗りの机があり、それに向かい合って一人の女がすわっていたが、崔生を見ると、立ちあがって、近づきむかえた。

若い柳のようにしなやかなからだと美玉《びぎょく》のような顔をし、その上品なこと、からだから神光《しんこう》が発散しているようであった。

崔生は手を前にくんで、長揖《ちょうゆう》した。

「お待ちしていました。さあさあ、おかけあそばせ」

たとえばビロードの上で珠玉をまろばすかと思われる、やわらかく、美しく、あたたかい声であった。白く、小さく、たおやかな手をさしのべて、椅子をさし示した。

その美しさ、その愛嬌、崔生はうっとりとして、口もきけないくらいだったが、気をひきしめて言った。

「わたくしは、この町の崔生というものでありますが、どういうわけで、お招きにあずかったのでしょうか」

女はほほと笑った。

「あなたの御評判をかねてから伺って、ゆかしく存じ上げていましたので、失礼とは思いましたが、お招きしたのでございます」

「有難うございます。おことばに甘えて推参《すいさん》した無礼をおゆるし下さいまし。つきましては、御芳名をうかがうことが出来ましょうか？」

女はまた笑った。

「なぜそんなにかたくるしいことをおっしゃるのです。たいていおわかりのはずですのに」

「それが、いくらえてもわからないのでございます」

「よくお考え下さいまし。おわかりのはずですよ。――ほら、ほら、ほら、おわかりでしょう」

女の顔は益々美しく、その様子は益々愛嬌よくなった。すると、なぜだか、崔生は、相手の身分も名前も、よくわかったような気がして来た。

「おお、おお、あなたは李家のお嬢様でしたね」

「あらまあ、やっとおわかりですの。頼りない方！」

女はにぎやかに、しかも上品に笑うのであった。

ほどなく酒や料理がはこばれ、青衣の美しい少女が四人出て来て、料理をすすめたり、酒をすすめたりする。

いつの間にか少女らは室から消え、女主人だけが残っていた。いい気持そうに酔っていた。まぶたのあたりが花びらのように美しく染まり、目つきがトロリとなっているのが、おそろしくあだっぽく見えて、崔生は胸がつまりそうになった。

人間というものは、時々、自分の熱望していることとは正反対なことを言ったりするものである。崔生は不意に立上って、丁寧に頭を下げて言った。

「今夕は、思わざるに推参して、思わざるおもてなしにあずかりました。つつしんで、お礼申し上げます。夜も更けたようですから、これでおいとましたいと思います」

しかつめらしい崔生の挨拶を、女主人もまじめな顔になってうけ、

「どういたしまして。おかげ様でかえって楽しい時を過ごさせていただきまして、こちらからお礼を申し上げます。それでは、またお出《い》で下さいまし」

と言ったが、ふと微笑すると、つづけた。

「失礼ですが、あなたはあまり慧《さと》い方ではないようですね。なぜなら、夜若い女が、若い男を招待して、酒食を共にするということが、どんなことを意味するか、お解りにならないようですからね」

崔生は、頭のテッペンを太い棒でなぐられたような気がした。棒立ちになったまま、相手の顔を見つめていた。すると、女はさっと席を立ち、机をまわって近づいて来た。キッと崔生を見つめて言った。

「この上、まだ女に言わせるつもりですか？」

色事には、かなり修練をつんでいる崔生ではあったが、こんな美しい女に、こんな態度で出られたことがない。馬鹿みたいな薄笑いが、にやにやと口もとに上った。とたん

に、

「いくじなし！」

という声とともに、白い手がサッと上り、したたかに崔生の頬に鳴った。同時に、明りはフッと消え、鼻をつままれてもわからない闇があたりをこめた。崔生のからだは、女のやわらかな体と胸とに抱きしめられ、その口は、熱く匂わしく、柔かくしめった唇でふさがれた。

この時からしばらくの間、崔生には意識があった。彼はこの世ならぬ歓楽を味わい得たが、間もなく、一切の意識が中断された。再び気がついた時、彼は暈《かさ》をかぶった半輪の月がおぼろに照らしている路上に、ぼんやりと立っていた。

まるで経過がわからない。きょろきょろとあたりを見まわした。酔ったあまり路上で睡《ねむ》ってしまって、夢を見たのではないかと一時は思ったが、印象はあまりにもあざやかだ。

「夢なんぞであるものか！」

引き返してこの辺だったと思われるあたりをさがしてみたが、どう見まわしても、どう歩きまわっても、あの屋敷はなかった。

二

それから数日の後、鮑生《ほうせい》という青年が、試験をうけに州の首都に行ってそのかえり、自分の家の近くまで来ると、どうしたはずみか、片手にさげていた書物箱がガチャンと地面に落ちた。腰をかがめて拾いあげようと、手をさしのばすと、書物箱のふたがパチンと内から開いた。

鮑生はなにかのはずみで開いたものと思って、舌打ちしながら、ふたをしめようとしたが、とたんに思いもかけないことがおこった。箱の書物が、スーッと飛び出して、二間ばかり向うの路上に落ちたのである。目にみえない手で運ばれて行ったような工合であった。仰天した。

「アッ！」

と叫んで、立ちすくんでいると、箱の書物は、一冊ずつ飛び出して行っては、一尺位の間隔をおいて、ぴたりぴたりとすわって、すべてで八冊の書物が、きちんとした一列横隊をつくった。

鮑生はふるえ上った。現実ではない、夢を見ているのだと思った。ぼうぜんと目をみはっていると、八冊の書物は、一斉に立上り、一斉に静かに前にかたむいた。あたかも、それは、人が挨拶する姿のようであった。

鮑生は恐ろしくてたまらなかった。逃げようという知恵も出ず、見つめていると、書物は一斉に行進をおこし、ガクガク、ガク、ガクと、歩調をとるように動きながら、鮑生をめがけて進みよって来た。書物の近づいて来るほどずつ、鮑生は後退《あとずさ》りしたが、ふとそのかかとが本箱にふれると、足許がくずれた。はげしくしりもちをついた。助けを呼ぶ声が、口をついて出た。

「たすけてくれ！　たすけてくれ！　ばけものだア！」

すると、書物共は、夕暗時の蝙蝠《こうもり》のように、ひらひら、ひらひらとページをふるわせながら、空中を飛んでおそいかかって来た。そのページのうすい紙が、つめたく頬にあたり、ぺらぺらと二、三度羽ばたいたまではおぼえているが、後は意識が暗くなっている。

再び気がついた時、鮑生は、すばらしく豪奢な室の、すばらしくぜいたくなベッドの上に寝せられており、おまけに、すばらしく美しい女が、枕許で介抱していた。

驚いてはね起きた。

「気がおつきになりまして？　御気分はいかが」

若い柳のように美しく、しなやかな体つきと、美玉のような皮膚の色をした、細面の上品な顔立ちをしている女であった。

「ぼくはどうしたのでありましょうか？　たしか路上で、怪異を見て気を失ったと記憶していますけど」

「まあ恐ろしい！　どんな怪異でございましたの」

女は肩をすくめ、細くくっきりとした眉をひそめた。

鮑生は出合ったことを物語りはじめたが、そのうちにその書物箱が、傍のテーブルの上にのせてあるのを見ると、恐怖がかえって来た。青くなり、唇をふるわせ、ふるえる手で箱を指さした。

「この箱ですよ。この箱ですよ」

女はまた眉をひそめたが、すぐ笑い出した。

「そんな馬鹿なことは、信じられません。あなたはまだお悪いようですね。静かにお休みにならねばいけません」

と言って、ベッドの工合をなおして、無理に寝せつけた。

「あなたはきっと熱病なのですよ。これを召上るとようございますわ」

と、水晶の盃に、その水晶のようにすんだ液体をついでさし出した。口にふくむと、すがすがしい気が、口、鼻、咽喉《のど》にひろがって、たちまち精神がさわやかになった。

「もう一ぱい下さい」

「そんなにはいけません。この上、お上りになると、あなたは死んでしまいます」

眼を閉じていると、うとうととねむくなった。まさに眠りに入ろうとしているとき、ふとんをはぐって、女が入って来た。はっとした。起き上ろうとした。

「静かになさい。あなたはあたしが嫌いなのですか?」

と言いながら、鮑生を抱きしめた。

美玉のような顔にうっすらと汗がにじみ、切れ長な黒い目にはあふれる媚《こ》びがあった。

それからどれほどの時間がたったのか、鮑生は、肩先にしみる冷気に目をさました。彼の上には星が散らばっている夜の空があり、彼の下には露じめりした大地があった。彼はキョロキョロとあたりを見まわして、自分が我が家の門前で、大地にすわり、あの本箱に片肱《かたひじ》をもたせかけて、眠っていたことを知った。

三

以上のようなことが、次々にこの町におこった。

被害者と言うべきか、幸せ者と言うべきか、この怪異に出合った者は、みな若い上流の子弟である。

ある青年は狩猟のかえりに、犬に吠えられている少女を助けたことからその家につれこまれ、またある青年は自分の家の庭を歩いているうちに、微妙な音楽を耳にしその楽の音をしたって行くうちに、女の寝室につれこまれた、という工合であった。

絶世の美女と衾《ふすま》を共にし、この世ならぬ歓楽にあずかるだけで、こういうことにありがちな災厄や妖害《ようがい》には逢わなかったので、一人のこらず、二度の逢う瀬を切望したが、決してそれは恵まれなかった。

あまり不思議なことなので、一人がこれを友達にもらし、友達がそれを人に語ったので、忽《たちま》ち世間の噂になった。

すると黙っていた連中も、劣らじと、その経験を披露した。噂は高くなり、世間はもう寄るとさわると、その話になった。

町の青年らは、これを恐《こわ》がってよいのか、羨んでよいのか、迷ったが、大部分の者は、自分もそのような目に逢いたいと切望し、用もないのに、夜の町を歩きまわった。

その頃、遠く西方の蜀《しょく》の生まれで、胡大年《こだいねん》という者が、この町にやって来た。たけ七尺、筋骨隆々として、頰の左右に鬼ひげのさか立った、見るからに強そうな男であった。

剣技に練達し、「左右に三尺の剣をとれば天下無敵、よく飛燕《ひえん》を斬ることが出来る」と誇っていた。

彼は町の富豪柳《りゅう》氏《し》を頼って、この町に来た。柳氏は彼のために世話して、道場を開かせ、希望の人々に剣技を教えさせ、なかなかよく繁昌した。

胡は町中にひろがった怪異の噂を聞くと、ひげをかきなでて、カンラカンラと笑った。

「それは化けものですたい。拙者つらつら思うに、狐か狸のしわざでありますな。いっちょう、拙者もご厄介にあずかって来まっしょたい」

弟子の一人が、言った。

「先生、折角ですが、それは駄目ではないでしょうか？」

「なぜ？」

「先生はもう三十をこえていられるではありませんか？　若いということが条件なのですから、相手にしないだろうと思います」

「馬鹿をいわっしゃい！」

胡大年は一喝し、豪語した。

「拙者は、年は三十をこしておりますばってん、あっちの方は、まだまだ若い人々にまけはしまっせんばい。相手は神通《じんつう》自在の化けものですけん、それ位のことはちゃんとわかっとりますたい。心配いらんとです」

その夜、胡大年は沐浴《もくよく》し、全身のあかを流し、髪に油をつけ、ひげにまで櫛を入れ、晴衣《はれぎ》を一着におよび、腰に自慢の名刀を横たえて、我が家を出た。

「よく戸締りをして、寝るがよか。今夜はわしが居らんけん、不用心じゃからな！」

と、召使いらに注意をあたえて門を出た。

月のない、真暗な夜だった。胡は肩を怒らし、ノッシノッシと、大股に闇に消えた。

これが召使いらが生きている彼を見た最後だった。翌日、郊外の田圃道《たんぼみち》に、死体となって発見されたのである。

首を切られ、右の腕を切り落とされていた。切り落とされている腕に自慢の剣もにぎられていたところをみると、剣をぬいて戦ったらしいと推察された。切られた首は、数歩はなれた田圃の中に、切口を下にして、わざとすえられたようにすえてあった。びっくりしたように大きく眼がみはられ、左右の頰ひげが、朝の微風にそよいでいた。こんなはずではなかったと、まだいぶかっているような顔であった。

大騒ぎとなった。胡を世話をしている柳家に急報された。

柳家の主人、柳安石《りゆうあんせき》氏は下男らをつれてかけつけ、死体を持ちかえり、胡の門人らを集めて、葬儀のしたくにとりかかった。

大体の指図をおわった柳安石氏は、一休みするために邸にかえったが、わが家に入って一室の前を通りかかると、ある物音が耳にとまった。サッサッサッと、歯切れのよい、規則正しい、たとえば鋭利な刃物で草を薙《な》ぐに似た、たとえば風の死んだ深夜に雪のふるのを聞くに似た音である。

その室は、柳安石氏の娘青蓮《せいれん》の室だった。柳安石氏は、コンコン、コンコンと、ドアをノックした。

「どなた？」

娘らしい、やさしい声で言う。

「わしじゃ」

柳安石氏はドアを開けた。娘は窓際に、窓を背にして立っていた。じっとうかがうように父を見ていた。

青蓮は今年十七になる。若い柳のようにほっそりとした体と美玉のような肌えの、細面の上品な娘であった。

「胡先生に、大変なことがあってな」

と、安石氏は言ったが、ふと娘の様子がなんとなくおかしいことに気づいた。なにげない様子で立っているものの、よく見ると、右の手をうしろにまわしている。なにやらかくしているように見えた。

安石氏はつかつかと進み入ったが、その目に、またあるものを見つけて、

「おやッ」

と、立ち止まった。窓際にすえられている一丁の砥石《といし》だった。

安石氏の顔色は変った。娘の顔とその砥石とを、いくども見くらべていたが、やがて言った。

「おまえ背中に、何をかくしている。出して見せなさい」

「これですわ」

青蓮は素直に右手を前に出した。白く、小さく、しなやかな手には、長さ一尺五、六寸の、ドギドギするほど研《と》ぎすまされた刀がつかまれていた。

安石氏の太った顔は、忽ち汗がふき出して来た。彼はまるい鼻の頭に汗の玉をためながら、ふるえるひくい声で言った。

「お前だな」

砥石や剣の外に、安石氏には、この娘に嫌疑をかけるべき理由があったのである。

「ええ、わたしですわ」

娘はいたって平気であった。

安石氏は目まいしそうになった。重々しい息をつき、あえぐような声で言った。

「どこへも行ってはならんぞ。この室から出てはならんぞ」

よろめく足どりで居間にかえって行きながら、安石氏は、どうして今まで娘を疑って見なかったろう、と思った。胡大年ほどの剣術の名手を、あれほどの手ぎわでしとめ得る者は、世間にはそうはいない。少なくとも、この町では青蓮以外にはないはずと、どうして思いつかなかったろうと思うのであった。

四

十二、三年前の春の一日であった。当時、四歳の青蓮が門前で遊んでいると、一人のみすぼらしい尼《あま》が通りかかった。しばらく立ち止まって、童女の遊んでいる様を見ていたが、つかつかと門を入って来て、案内を乞うて、

「御主人にお目にかかりたい」

と言った。痩《や》せさらばえ、身なりのよくない尼なので、取次ぎの者は、つっけんどんにあしらった。

「何の用だね？」

「お前さんは取次ぎで、客の用件を聞くのは役目ではあるまい。さっさと取次ぐがよい」

と、尼は大へん倣慢であった。

取次ぎの男は癪《しゃく》にさわったが、みすぼらしいその尼の様子には、どこかおかしがたい威厳があった。しぶしぶ取次いだ。

柳安石は地方の富豪によくある退屈に苦しんでいる時だった。

「会うよ。なんだって、お前はわしが会わないなどと考えるんだね」

と取次ぎに皮肉を言って、出た。

尼は豪奢《ごうしゃ》な柳家の応接室に、臆する色もなく入って来て、安石を見ると言った。

「今御門前で四ツ五ツの女のお子さんが遊んでいますが、あれはお宅のお嬢さんでしょうか」

「たぶん、そうでしょう。しかし、娘がなにか御無礼でもはたらいたのでしょうか」

青蓮はなかなかのいたずらっ子だから、こう思ったわけだ。

尼は首をふった。

「いいえ、いいえ、そんなことはありません。ただお嬢さんは大へん見どころがあります。類《たぐい》まれな資質を持っておいでで、あたしが育てれば、天下無双の人物にすることが出来ます。しかしほかの人では駄目です。あたしにかぎります。ですから、あたしに戴かしてくれませんか」

　思いもよらない言葉である。安石は驚いた。つくづくと尼を見ていたが、こんなみすぼらしい乞食尼が、蘭陵第一の豪家柳家のひとり娘を呉《く》れなどと言うかと思うと、だんだん腹が立って来た。いきなりどなりつけた。

「ばか者め！　当家をなんと思っているのだ。無礼千万！　かえれ」

　尼は平気だ。

「あたしは、お嬢さんのためを思って言っているのですよ」

「余計なお世話だ。きさま、気狂いだな」

　益々腹を立てて、真赤になってどなりたてた。

　尼はにっこり笑って、

「そうですか。では一先ず帰ります。しかしわたしは、頂戴することに心をきめましたから、たとえ鉄の箱の中にかくし、幾重の鍵をかけておかれても、きっと盗み出してごらんに入れますよ。——それでは、おいとまいたします」

　静かに頭をさげて、立去った。

　柳家では別段気にはしなかった。からおどしだとたかをくくっていた。が、その夜、青蓮の姿は見えなくなった。びっくり仰天、怒りかなしみ、八方に手をつくしてさがしたが、手がかりに似たものすら得られなかった。

きりょうも知恵も人にすぐれた、たったひとりの娘を、こんなことでかどわかされた柳家の悲しみは深かった。喜びごとにつけ、悲しみごとにつけ、暑さにつけ、寒さにつけ、安石夫妻は、青蓮のことをなげきつづけたが、その時から十年、なげきの情もやや薄らぐようになった去年の夏の中頃、あの尼が、美しい娘に成人した青蓮を送りとどけて来た。

「教えるだけのことは、のこらず教えました。今やこの子は天下無双の人物となっています。さあ、お返しします」

尼は十年前と少しもかわらない容貌をしていた。みなりは依然としてみすぼらしかった。喜びと怒りとにかられて、わくわくしている安石に、無表情な顔でこう言い、ゆっくりとおじぎすると、さっさと出て行った。

追いかけて、安石は飛び出したが、どこへどう行ったか、もうそこらには姿は見えなかった。消えてしまったようであった。

二度と見ることが出来ないとあきらめきっていた娘が、美しく成人してかえって来たので、柳家は大騒ぎだった。家族から、雇人共まで集まって来て、なつかしんで祝いを言った。

その騒ぎが一先ずしずまると、安石夫妻は人々を遠ざけた。娘を中心において、その後のことを聞きにかかった。

「一体、何をならって来たのだ」

と、先ずたずねた。

「聖人の学問と、おまじないの方法を習って来ただけです」

と、青蓮は答えた。

出来るだけ簡単に答えようとしているらしい娘の様子が、安石に疑いを抱かせた。嘘を言っているに違いないと推察した。なだめたりすかしたりして問いつめた。娘はこまったような顔をしてとうとう言った。

「本当のことを申し上げても、お父様もお母様も信じて下さらないでしょう」

「本当のことなら信じないことがあるものか。言ってごらん」

娘は語りだした。はじめはポツリポツリとだったが、だんだん流暢《りゅうちょう》になった。

「尼さんは、わたしを小脇にかかえて、夜通し歩きました。そして、夜の明ける頃に、深い山奥の大きな岩のほら穴につきました。その穴を数百歩入って行きますと、谷間に出ました。谷間一帯に大きな樹木が森々《しんしん》と茂り、真中を清らかな谷川の流れている、太《たい》古《こ》さながらの静寂のこめている谷間でした。猿が非常にたくさん居て、わたし共が通って行きますと、木の枝や梢にぶら下ったり、チョンと腰かけたりして、物珍しげに見ていました。ちょうど人間が珍しいものの通るのを路ばたで見ているのに、よく似ていました。通りすぎると、猿共は木から木へ飛び移ったり、トンボがえりを打ったりして、キキと鳴きましたが、その声はしずかな谷間に、高いこだまを呼んで響きました。私共は林の中の青く苔《こけ》のむした道を、谷川に沿うて百歩ばかりさかのぼりました。またほら穴がありました。

このほら穴は通り抜けでなく、人が住《すま》えるような設備がしてあって、そこに十位の少女が二人居ました。二人とも大変美しく、その身軽なことはまるで飛ぶ鳥のようで、切り立てたような断崖や立木をよじのぼったり、すべり下りたり、木々の梢から梢に飛ぶのが、自由自在でありました。

尼さんは、わたしに宝剣《ほうけん》を一口《ひとふり》くれました。その切れ味の鋭いことは、髪の毛を口で吹いて刃にふれさせると、何の抵抗もなく二つに切れるほどでした。尼さんは、二人の少女を先生として、絶壁や木をよじのぼりよじ下りることや、剣を使う術をならうことを命じました。

　わずか四つという幼子にとっては、ずいぶんつらい修業でしたが、一年たち、二年たち、三年たつうちに、わたしの身のこなしは次第に軽くなり、先生格の少女らとかわらなくなりました。さらに五年の後には、百発百中の手際で猿を斬り殺すことが出来るようになりました。さらに七年の後には、虎や豹《ひよう》を刺し殺すことができ、去年からは、鷹や隼《はやぶさ》のような鳥まで刺し殺せるようになりました。わたしが飛んでいって彼らに迫っても、彼らは気づかないのです。

　その外に、これは尼さんが自ら教えてくれたのですが、魔法も習いました。印の結び方と呪文《じゆもん》のとなえ方だけで、たちまちにして金殿玉楼《きんでんぎよくろう》を現じ、たちまちにして風雨をおこすことも、今のわたしには出来るのです。

　去年の暮、尼さんはあたしをつれて、ある町に行きました。そしてにぎやかな通りに出ると、一人のえらそうな男を指さして、

『あの男は、これこれしかじかの悪事を働いた者だ。その罪は死に値《あたい》するのに、役人共の目がとどかずに、ああして世に栄えている。お前に命ずるから、あの首をとってこ

い。おまえは飛ぶ鳥さえやすやすと刺し殺すうでをもっている。落着いてやりさえすればわけはない』

と言って、一口の匕首《あいくち》をくれました。そこで、わたしは白昼人の雑踏している中で、その男を刺し殺し、首をふくろに入れて、尼さんのところに持ちかえりました。数え切れないほどの人がその場に居たのですが、わたしの仕業と、気づく者はありませんでした。人々は、その男がウーンと悲鳴をあげてたおれたのと、首がなくなって切口から醤油樽から醤油がこぼれるように血が吹き出したのしか、見ることが出来なかったのです。

それから、今年の春のことです。尼さんはわたしに、

『なにがしという大官《たいかん》は、権威にほこって、おのれの利益の邪魔になる者を十人近く殺した、不都合千万な人間だ。その首を切って来い』

と言いつけました。わたしは出かけました。大官の室に忍びこみ、天井の梁の上にかくれて機会を待っていましたが、大官が、多分自分の子でしょう、二つ三つの幼児をあやしているのが、いかにも愛情に満ちているので、殺す気になれないで、やっと深夜になって決心がつき、襲いかかりました。もちろん相手がそれと気もつかないうちに、首

を切り落としてしまったのです。しかし、尼さんは、どうしてこんなに時間がかかったのかと、大へん不機嫌でした。わけを話しますと、尼さんは腹を立て、散々に叱りつけた末、こう言いました。

『そんな時には、先ずそいつが可愛がっている子供を殺してから、そいつの首を切るのだよ』

この二つのことが試験だったのでしょう。尼さんは、

『もう自分がお前に教えることはなくなった。家へおかえり』

と言って、こうしてつれて来たのです。二十年たったらまた尼さんに会うことになっています」

奇怪至極な物語だが、安石は疑わなかった。彼は娘が恐ろしくなった。それまで娘に対していだきつづけていた愛情もさめる思いであった。

家へかえって来た青蓮は、時々夜更けてから外出し、明け方になって帰って来た。安石はそれを知っていたが、知らないふりして訓戒などしなかった。わが娘ながら、ふれるのが恐《こわ》いのであった。

が——今という今、このことが、安石の強い悔悟《かいご》になった。

居間の肱かけ椅子に腰かけ、太った腹の上に深く首をたれている彼の胸は、暗澹《あんたん》としていた。

「親としての義務を、おれは怠っていた。そのためにこんな一大事がおこったのだ。どんなに恐ろしい子でも、あれはおれの子なんだ。なぜおれは恐れたろう。ああ、なぜ恐れたろう」

やがて、立上り、伏せた目をしばたたきながら、娘の居間に向った。

しかし、青蓮はもういなかった。

室の中は、きれいにかたづいて、机の上に一通の手紙がおいてあった。

「御迷惑をかけそうですから、家を出て行きます。くれぐれも、不孝の罪をおゆるし下さいまし」

安石はほっとするとともに、娘にたいする新しい愛情に、うすい涙がにじんで来た。

五

安石が娘の書きおきを読んでいる頃、青蓮は背に一口《ひとふり》の剣を負い、小さな驢馬に乗って、蘭陵の城門を出て行きつつあった。

　時刻は正午をすぎて、暑い盛りである。広い田野の中に真直ぐにつづく街道は、白く焼けただれ、驢馬の一足毎に、煙のようなほこりがぽこぽこと舞い立った。青蓮は驢馬の背にゆられながら、下手《へた》なことをしたと思っていた。後悔もしていた。しかし一面、どうにもしかたがなかったのだと思う気持もあった。

　尼のところから家へかえってしばらくした頃から、彼女は時々、体中が燃えるような気持に襲われはじめた。何かいら立たしく、なにかはかなく、無闇に腹立たしくなり、昂ずると、気が狂うのではないかと不安になるほどですらあった。最初のうち、それが何を意味するのかわからなかった。しかし、ついにつきとめた。男がほしいのであった。

　体の発育と感情の開花は、植物の開花や結実と同じで、せきとめることは出来ない。はげしい訓練の時代が去って、安逸《あんいつ》気楽《きらく》な生活に入った青蓮には、提防が切れて水が殺到するように、急激にそれが来た。また中国の上流の家庭では、若い娘は自分の家族以外は男を見ることすら稀《まれ》であるから、一層この欲望をつのらせたのかも知れない。情が激してくると、彼女はついに深夜家をぬけ出しはじめた。

一度満足すると、しばらくの間は平静でいることが出来る。平静な時は反省する余裕もある。どうしてあんなことにああも狂おしくなるのかと、いまいましかった。しかし、しばらくたつと、また体中に火が燃えて来た。

このようなわけで、蘭陵の町の怪異はすべて彼女のしわざだった。彼女は、彼女自らもその理由を知らない欲望を満足させさえすればよかったのだから、男らにたいして危害を加えることはしなかった。考えもしなかった。ところが、最後の胡大年は彼女を妖怪と見たのか、散々享楽したあげく、不意に剣をふるって斬りかかって来た。ほどよくあしろうには、胡大年は強すぎた。斬らざるを得なかった。

こうした物思いは、青蓮をつかれさせた。

「仕方ないのよ。あたしは人と生まれつきが違うんだもの」

と考えて、一切を打切ることにした。もう二度と考えなかった。

日の暮れるまで驢馬を歩かせ、翌日もまた旅をつづけて、昼頃飯店を見つけて入った。入口に大きな槐《えんじゅ》があって、その青い木陰にすえられたテーブルに向って、数人の旅人がものをたべたり、酒を飲んだりしていた。青蓮は店の奥に入り、昼食にかかったが、ふと旅人の一人がこう言うのを聞いた。

「今、長安では、天子が剣客を求めていらっしゃる。厳重な試験の上で採用される由だが、試験にパスして採用されれば、ずいぶん高禄《こうろく》をいただけるというぞ」

青蓮は聞き耳を立てた。

「近衛《このえ》の軍隊には、勇士豪傑雲のようにいるのに、どうして他に剣客をお求めになるのかね」

「今の天子さまが、どんな天子さまか、それを考えたらわかるじゃろう。腹心の者をほしがっていらっしゃるのさ」

「ははあ、そうすると、やはり噂の通り、時々謀叛《むほん》めいたことがあるんじゃな」

「それは知らんが、用心した上のことはないからね」

「なるほど、なるほど」

聞いていた青蓮は、即座に、長安に行くことにきめた。

当時の天子は、則天武后《そくてんぶこう》であった。武后は三代前の天子の皇后であったが、恐ろしくかしこく、恐ろしく権勢欲の強い女性で、皇帝が死ぬと、つづく新皇帝を二人おしのけて、自ら帝位に上った。権謀にたけ、おのれの野心のためには、どんな残酷なことも避けなかった彼女は、次々に唐の皇族達を殺した。残っている皇族達は、安心しておられなかった。この恐怖と、わが家の天下を奪われた怒りとが一緒になって、武后にたいする陰謀は絶えることがないのであった。

長安に着くと、青蓮は早速、剣士募集の係りの役人を訪ねた。役人は青蓮が風にもたえ得ないような楚々たる美女であるのを見て、その申し立てを信じないようだったが、数人の剣士らと試合をさせてみて、舌をまいた。

採用は即座にきまった。美しい女でありながら、絶倫の剣技を持っているというので、青蓮にたいする武后の寵遇《ちょうぐう》は厚かったが、さらにその寵遇が増す事件がおこった。

武后に仕えて二月位たったある夜のこと、もう秋であった。

青蓮は、その夜、宿直にあたっていた。女である彼女は、別に一室をもらって、外の剣士らと詰所を別にしていたが、その室で灯にむかって読書していると、突然するどい呼子の笛がひびき、剣士らの詰所が騒がしくなった。足音が乱れ、口々になにやら叫ぶのであった。

青蓮は剣をつかんで、そこにかけつけた。剣士らは詰所から庭にかけ出していた。昼のように月の明るい庭に散らばっている彼らは、口々に、

「たしかこちらに来たはずだ！」

「庭をよこぎる影を見た――」

などと言いながら、あちらこちら探しまわっていた。それぞれ抜きはなっている剣が、月の光を受けて、氷のようにきらめいて目を射た。

青蓮は廊下の円柱の陰に立って、庭を一まわり見渡した後、その目を廊下に走らせた。庭が明るいので、廊下は暗かった。しかし立ちならんだ円柱にそって、念入りに目を光らせていると、武后の寝室の前に、薄い煙のようなものが、おぼろげに立っているのを見た。

青蓮は風のようにかるく、鳥のようにすばやく走りよったが、彼女がそこに走りつく前に、その影は消えていた。それは扉の隙間から外に漏れているおぼろな灯影《ほかげ》が、室内の灯が消えたためになくなったような工合に見えた。しかし、青蓮の鋭い目は、その影が、扉の隙間から吸いこまれるようにして中に入ったのを、見のがしていなかった。彼

女ははげしくドアをノックし、答えを待たず飛びこんだ。

華麗豪奢《かれいごうしゃ》をきわめたその寝室には、真中に彫刻をしたベッドがあり、柔かく、はなやかな夜具をかぶって、武后が寵愛の美少年張 昌宗《ちょうしょうそう》を擁して寝ているだけで、ほかには人影は見えなかった。

武后はその時六十をこえていたが、まだなかなか美しかった。でっぷりとふとり、濃艶な肌をしていた。青蓮の突然の闖入《ちんにゅう》にも驚く色はなく、横になったまま、ちょいと顔だけむけて、

「許しも受けず、朕《ちん》の寝室をおかすとは何だね」

とたしなめた。落ちついて、重々しい声であった。

青蓮は突ッ立ったまま、いそがしくあたりに目をくばりながら、

「おとがめは、後でお受けいたします」

とだけ言ったが、忽ちヒラリと身をおどらせて、一方の天井の隅に飛びついた。いつの間に抜いたか、手にはきらめく短剣が抜かれていた。彼女は何も見えない空間を縦に切った。すると、鏗然《こうぜん》として鋼《はがね》と鋼の打ち合う冴えたひびきが立った。彼女はなお右に

左にはげしく跳躍しながら、縦に、横に、ななめに、剣をふるった。そのたびに鋼のふれ合う鋭いひびきが立って、赤い火花が散った。はげしい動きのために、青蓮のもとどりの切れた髪は乱れなびき、長い裳裾《もすそ》は宙にひるがえった。色彩美しい鳥が乱舞するように美しかった。

「卑怯者！　逃げるか！」

突然、青蓮は鋭く叫び、斜めに空《くう》を飛んで、片隅の天井のあたりを斬った。きらめく剣の光と濡れた帛《きぬ》をはたくような音がしたのと同時であった。ドサリと音がして、色《いろ》瓦《がわら》を敷いた床に首と胴が離された死体が落ちて来た。精鉄《せいてつ》で編んだ鎖帷子《くさりかたびら》に身をかため、手に長い剣をにぎった男の死体であった。

青蓮は死体に近づいて、その顔をしらべた後、武后の方に向かって片膝ついた。

「御安眠をさまたげ奉った罪を、おわびいたします」

武后もさすがに驚いていた。起き上って寝台の上にすわっていた。しかし恐れている様子はなかった。恐れているのは、武后と寝《しん》を共にしている張昌宗であった。『人、昌宗蓮花《れんか》に似たり、と言えども、我思えらく、蓮花昌宗に似るのみ』と、時の人にたたえられた艶麗な顔も、真青になり、ふるえおののいている様子は、見苦しいほどであった。

武后は寝台をおりて近づいて来て、血に染んだ生首を足の先で二、三度けころがして、顔をしらべた後、青蓮に言った。

「刺客だね。危急の場合とは言え無断で寝室に入って来た罪は問わないことにしてあげる。未然に刺客を誅《ちゅう》し得た功はいずれ追って賞する。あちらにお退り」

青蓮は、翌朝おびただしいいただき物をし、その信任は益々厚くなった。それから後三、四ヵ月の間に二度ほど刺客を殺し、武后の信任は厚くなるばかりであった。

武后の信任がこのように厚かったので、青蓮の権威は日の出の勢いであった。大臣や宰相らまでおそれはばかった。万事好調であった。ただ一つ彼女のこまったのは、国にいるとき以上にあの病癖がつのって来たことであった。武后のはばかりない乱行を夜毎に見ているので、刺戟されているのかも知れない。

欲望にかられると、勤務中でも宮中を飛び出した。飛び出さずにはいられなかった。高い幾重の塀も、厳重な門のかためも、彼女にはないにひとしかった。鳥よりも自在に高い塀を飛びこえ、風よりもすばやく門をくぐりぬけた。誰にも気づかれず町に出て行き、誰にも気づかれず詰所にかえって来た。

その上、この頃では、彼女には、非常に悪い癖がついた。寝を共にした男を殺したのである。殺さないではおられなかった。後々のことを考えて殺すのではなかった。遮二《しゃに》無二《むに》追い立てるものが胸の奥にあって、殺さないではいられないのだ。彼女を駆りたてて男におもむかせるものと、同じつながりを持つものであったかも知れない。

そんなことのあった後は、深い悔恨にしずんだ。自らを呪い、再びくりかえすまいと決心するのであったが、ある期間が経って欲望が蓄積されてくると、もう完全に意馬心猿《いばしんえん》だ。無二無三に男をもとめ、無二無三に男を殺した。

六

武后に仕えるようになってから、七、八ヵ月の後、武后は彼女に英公李敬業《えいこうりけいぎょう》を暗殺して来いと命じた。

李敬業は唐の同族で、数代前の皇帝の宰相であった李世勣《りせいせき》の孫で、揚州《ようしゅう》に住んでいたが、かねてから武后が唐の天下を奪い、皇族を殺したのをいきどおり、これまで度々のである。

武后の許に送った刺客はみな彼が放ったものであった。武后は調査して、これを知った

「かしこまりました。二週間のうちに、李英公の首を闕下に持参します」

と答えて、御前を退った青蓮は、例によって驢馬に乗り、楊州に向った。

折しも晩春初夏の好季節、快い旅に泊りをかさねて、楊州にあと三里という地点に達した。中国里の三里であるから、新緑に彩られた平野のかなたには、もう楊州城が見えていた。

「やれやれ、どうやら着いたわ」

青蓮はホッとしたが、これと共に、突然、例の病気がおこった。身のふるえるほど男がほしくなった。今や彼女は完全に情熱のとりこであった。一刻も早く壮年の男らのいる都市に行きつこうと、驢馬をぶったたき、ぶったたき、道をいそいだ。

しばらくすると、はるか行く手に、同じように驢馬に乗って行く人影が見えてきた。剣を背に負うている姿のたくましさが、若い男に違いないと思われた。彼女は益々驢馬を急がせた。だんだん近づくと、たしかに若い男であった。驢馬の背にまたがった長い

足が地ベタにつきそうに見えるところをみると、長身の男のようだった。赤いきれいで頭をつつんでいた。唄をうたっていた。

秋の柳が散るように
人のいのちははかないものよ
衆善奉行《しゆぜんぶぎよう》し
諸悪は莫作《まくさ》
報《むく》いおそろし
ヤンホレサ

抹香臭《まつこうくさ》い文句の唄だが、声は若々しい力と明るさにみちていた。
青蓮はもう目のくらむほどの欲望にかられ、急ぎに急いで、間近まで追いつくと、指に印を結び、口に呪文をとなえた。たちまちその男の驢馬は先きへ進まず、クルリクルリと路上に輪を描いてまわりはじめたかと思うと、道をそれて畠の中にとことこと入って行った。驢馬の行く方、百メートル位のところに、森々《しんしん》と栢樹《はくじゆ》のしげった森がある。

それを指して行く。

見事に術にかけ得た青蓮は、その森に先きまわりした。大きな栢樹の陰に驢馬をつないで、男を見ていた。男はわき目もふらず林の入口に乗りつけて来た。驢馬をおり、あたりを見まわした。人の家の門前に立って、邸のたたずまいをながめる様子に見えた。

年頃二十七、八、長身の、肩はばの広い、眉のひきしまった、りりしい男振りだ。青蓮はぞっとするほどうれしくなった。からだ中がふるえ汗ばむ気持だ。

やがて青年は、一本の木に近づいて、その樹をこぶしでたたきつつ、

「お頼み申す、お頼み申す」

と呼ばわった。青蓮はかくれていた場所から出て行った。

「おいでなさいまし。いずれから」

「拙者は旅の者ですが、行きくれて、難渋《なんじゅう》しています。一夜の宿をお願いしたいのです」

青年の態度が礼儀正しくあればあるほど、それは滑稽に見えたが、青蓮はにこりともせず、おとらないしかつめらしさで応対した。

「それはそれは、お難儀なことでありましょう。あばら家ではございますが、お泊めい

たしましょう。しかし、雨露をしのいでいただくだけで、そのほかのことは何のおもてなしも出来ませんから、それを御承知下さいまし」

「ただお泊め下さるだけで結構であります」

先きに立って導く青蓮の後から、驢馬の口綱をとって青年はつづいた。時々木々の高い梢を仰ぎながら、感嘆するように、

「大変御立派なお屋敷ですな」

と、言った。

青蓮は、青年を森の奥深く導き入れた。そして場所の選定に目をくばっていると、突然だった、青年の長身がパッとおどったかと思うと、前に立ちふさがった。同時にどなりつけた。

「馬鹿者！　何たるざまだ！」

驚く前に、青蓮の練磨は飛びすさらせていた。背中に負うた刀の柄《つか》に手をかけていた。そして、きッと相手の顔を見つめたが、忽ち、アッ！　と叫んで、たじたじとあとずさりし、その場にすわった。両手をついていた。なんという不覚だろう、若い男だとばかり思っていた相手は、幾年ぶりに会う師の尼だったではないか。

昔と、顔も、姿も、服装も、少しも変っていない。やせさらばえた身体をし、みすぼらしい顔をし、ぼろぎれのような法衣をまとっていた。ただ眼だけが、怒りをこめて、きらきらと輝いていた。

「何年会わなければとて、師匠の顔を見忘れているのだえ」

「申訳ございません」

肩をすくめ、膝をかためて、蚊のなくような小さな声で、青蓮は答えた。

「別れて以来、わたしはおまえのすることをよく見ているが、すべてわたしの教えにそむいていることばかりのようだね。お前のしていることは、そのまま夜叉《やしゃ》のふるまいだよ。私的には淫乱であり、多殺であり、公的には武后のような悪婆の悪を助けている。お前のような者に尊い術を授けたことに、わたしも責任を感じている。しかし、お前はお前として報いを受けなければならない。わたしに教えをうけたおまえだから、それはよくわかっているだろうね」

「申訳ございません」

「今さら、わびたって、追いつかないよ」

尼は、青蓮の腕をつかみ、ずるずると引きよせた。反抗する気はおこらなかった。眼をつぶって、引かれるままに引かれた。尼は右手に、ふところの匕首を抜いた。細身の鋭利な匕首だ。

「どうして、こんなに罪のない、こんなに上品な顔をしながら、あんなことをしたのかねえ」

と、なげくように言いながら、青蓮の白くなめらかな首筋にあてがうと見えたが、そのまま豆腐を切るよりも無造作に、首を断ち切った。

七

青蓮は自分の首が地に落ちる音を聞いた。彼女は、自分が殺されていたことを知っていたので、

「首を斬られて、その首の落ちる音が、聞こえるものだろうか？」

と、驚きもすれば、疑いもした。

あたりは薄暗くなっていた。夜の明ける時や、日の暮れる時の、あの明にあらず暗に

あらずの薄暗さに似ているが、それよりももっと沈んだ、もっと頼りない、たとえて言えばはかない暗さといった感じであった。彼女はそのはかない暗さの中に、ぼんやりとすわっていた。考える力も、意志も、まるでなかった。

すると、忽然として大地から湧き出たように、あらわれた者があった。二匹の鬼であった。一匹は全身真赤、一匹は全身真青、共にきらめく碧《あお》い目をし、怒った高い鼻をし、耳までさけた口を持ち、髪の毛は燃えたつ炎のような色をしていた。

「これだ、これだ。ここにいるぞ」

と、一匹が叫ぶと、他の一匹も駆け寄って来て、青蓮の手を両方からとった。うしろ手にしばり上げた。弱腰を蹴った。

「起《た》て！　歩け！」

と叫んだ。

うす暗い光の中にどこまでもつづく細いさびしい道を、数時間歩くと、高い城壁をめぐらした宮殿があった。鬼はその宮殿の中に、青蓮を追いこんだ。

宮殿の正庁には、真中に衣冠《いかん》をつけた、恐ろしい相貌の王がすわり、その左右に、それぞれの位階を示す衣冠をつけた役人らが居流れていた。静寂が、森然として庁内をしめていた。

　鬼は、王の前に青蓮をひざまずかしておいて、報告する。

「蘭陵の柳氏の娘、青蓮でございます」

　すると、末座に居た役人が、自分の前に積みかさねてあるたくさんの帳簿の中から、一冊をとり出し、ページを開いて、うやうやしく王の前に持って行った。王はその帳簿に目をそそいだが、忽ち雷のような声で叱咤した。

「これは、情欲をほしいままにし人を殺すのをたしなんだのと、悪王の悪業を助けた罪だ。この女の天に受けた生命は、後五十年はあるのだが、それらの罪によって帳消しになっている。されば、この上の罰としては——」

　と言って、他の帳簿をはらはらとめくりはじめたが、さがす場所が見つかったのだろう、しばらく目をとめていた後、どしんとはげしく机をたたいて、役人らの注意をうながした。

「ここにこういう記述がある。東方日本国の大臣で、藤原ノ仲麻呂《なかまろ》なる者がある。この者は、後五十年にして、弓削《ゆげ》ノ道鏡なる者に、君寵《くんちょう》を奪われ、不平のあまり叛逆をおこし、官軍の討伐をうけて誅殺《ちゅうさつ》されることになっているが、この色好みの夜叉娘を、この叛逆者の娘として生まれかわらせてはどうであろう。娘は今生の応報によって家の亡びる日、官軍千人の兵共におかされることにするのだ。好色無類、残忍無類、簒奪《さんだつ》者を助けた、この罪人にはふさわしい応報であろうがな。諸卿《しょきょう》の存念いかが」

「御明断でございます」

なみいる役人らは、一斉に賛成した。

王が合図すると、青鬼と赤鬼とが両方から歩みよって、その手をとって引き起こした。

そこまでは青蓮も意識があったが、急に目の前が真暗になり、なんにもわからなくなった。


(水鏡、廃帝の巻、口語訳)

その大臣《おとど》に姫君があった。容色、世にならびなき美しい姫君であった。ある時、鑒真《がんじん》和尚《おしょう》が、この姫君を一見して、

「この姫君は、千人の男に婧《あ》い給う人相をしておられる」

と言われた。これを聞いて、世間の人々は、普通の身分の家の姫君ではない、そんな

馬鹿なことがあるものか、と言ったが、父の大臣の誅殺された日、官軍の兵千人が全部この人をおかした。人相とは恐ろしいものだ。

鉄騎大江を渡る

一

「今朝《けさ》がた、あんたのところへ、周慎《しゅうしん》はんが来たやろ?」

「来やはったわ」

「おとといも来たやろ?」

「来やはったわ」

「あんた、何で昨日会うた時、言わなんだんや。いややなア」

「そやかて、あんた聞かはらせんもん」

「聞かな、言わんつもりやったのか。言われんことしてんのやろ」

「アホ言いなはれ。なにを証拠にそんなこと言わはんのや」

「証拠は、いくらもあるがな。――ほうら、あんた、青うなったり、赤うなったりしているやないか。それが証拠や。はずかしいのやろ」

「何がはずかしいかいな。おこってんのやがな」

「人はほんまのこと言われると、おこるもんや」

痴話喧嘩である。一切の痴話喧嘩と同じく、他人から見れば、まことに阿呆《あほ》らしい。たわいもないことの至りである。しかし、当人らにとっては、一大事である。お互いに、青くなり、赤くなり、腹を立て、くやしがり、悲しがり、懸命であった。

時代は今から千六、七百年前、所は呉《ご》の国、主都建業《けんぎよう》（今の南京《なんきん》）から揚子江に沿って中国里で百里位上流の梅花村《ばいかそん》。男は二十、名は蒲咸《ほかん》、娘は十六、名は宋麗華《そうれいか》。二人は幼い時からの許婚《いいなずけ》の仲だった。

梅花村は、揚子江に沿った漁村で、一村百戸、残らず揚子江に漁《すなど》りして、生業をたてていた。さして裕《ゆた》かというほどの村ではなかったが、建業という繁華な都市を近くに持っているので、仕事に精出しさえすれば、その日その日の生活は楽にたって、至って平和で、至ってのどかな村であったが、この三年ほど前からあまり平和でなくなった。

それは、新しく位についた皓《こう》という王様の、政治の悪いせいであった。先ず、皓王《こうおう》は、これまでの平和主義を捨てた。当時、中国の長江を境にして、北に晋あり、南に呉があって、互いに協定して不侵略条約を結んでいたのだが、皓王は位につくや、条約を無視して、しきりに兵を出して、晋の地をかすめた。こうなると、晋の方でも報復手段に訴えるのは当然で、小ゼリ合いがやむ時がなかった。

第二に、租税が重くなり、取立てがきびしくなった。小ゼリ合いとは言いながら、戦争がたえないのだから、それだけでも国費が嵩《かさ》む上に、皓王の生活ぶりは贅沢をきわめた。領民はたまったものではない。新しい税目が次々に考え出されて、現代のどこやらの国のように税のかからないのは、日光と空気だけということになった。いや、いや、家屋の窓にすら課税されたのだから、これも無代ではなかった。

第三に、皓王は狂気じみた乱暴な王様だった。

「あの妊婦の腹は大変大きいわい、双児が入っているんじゃないか」と言って、腹を剖《さ》き、「面の皮をはがれても生きていられるものだろうか」と言って、人の面の皮をはいだ、というのだから、無茶な話である。

殷《いん》の紂王《ちゆうおう》が、妊婦の腹を剖いたというので、暴君の代表者になったが、皓王のやり方も紂王におとるものではなかった。

これらのことは、呉国一般、その患《わずら》いを蒙ったわけだが、梅花村には、特別、風当りが強かった。小ゼリ合いの戦場になる危険があったし、軍隊の駐屯地となったからである。

若い二人の痴話喧嘩も、この駐屯部隊が原因であった。この土地に駐屯している呉軍の部隊の隊長は名を周慎という。

この男は、三カ月ほど前に二百人の兵をひきいてこの村に来て、これまでの連中と交代したのであるが、いつか麗華を見そめて、しげしげと宋家《そうけ》へ出入りするようになった。宋家としては、心中大いに迷惑であったが、どうすることも出来ない。それが蒲咸には面白くない。

「宋家のおじやんやおばやんもやが、麗華も麗華や。あないに優しゅうせんかて、えやないか」

これまでは、会えば行末もちぎる、甘い会話だったのが、この頃では、ともすれば苦《にが》いものの入るやりとりになった。こんなことを言ってはいけないと、慎む心はあるのだが、言わずにおれないものが、むらむらと舌を駆り立てる。

「おれはその日暮しの貧乏な漁師や、周慎はんは都の将校はんや。くらべものにならへんからな」

あるいは、

「あの人よろい着て、刀さげて、おんどりみたいに胸をはって気どった歩きかたしやはる。浮気な女は、あんなんにほれるもんや」

さらにまた、

「周慎はんが来やはると、あんた胸がどきどきするやろ。それ、ほれとる証拠やで」

などと、言ってしまう。

そういう時、蒲戚の胸は、かきむしられるようにいたむ。相手をいじめていると同時に、自分もいじめているのであった。あまりのことに、麗華は腹を立てる。

「そんなにほれさしたいんやったら、うちほれてもええわ」

売り言葉に、買い言葉である。蒲戚は益々《ますます》腹を立て、麗華は泣き出し、お互いにぷんぷんおこって、別れとなる。——といった順序が、この頃のランデヴーには、いつもくりかえされた。

この日もそうだった。かんかんにおこった蒲戚は、泣きだした麗華と別れた。

二

「あの浮気女め！」

余韻《よいん》さめやらず、ぷりぷりしながら、彼は歩いて行った。

彼は腰に魚籠《びく》をさげ、片手に六尺ほどの鉄製の穂が三叉《みつまた》になった槍を杖《つえ》ついていた。その槍の石突《いしづき》で、石ッころをはね飛ばし、穂先で、すいすいと目の前をかすめる燕《つばめ》を刺した。片手にあやつる槍の穂先で、無造作に突き出されると、流れる星よりも速く飛んでいた燕が、きれいに胴中を縫われた。百発百中、一度も仕損じがなかった。

途中で、駐屯の兵士らに、いく人も逢った。皆目を丸くして、この妙技を見ていた。彼は一層精出して、燕を殺しながら歩いた。心の中で、燕の一羽一羽を憎い兵隊共に見立てていた。

「殺生すんのう」

と、一人の村人が言った。

「おれ機嫌悪いのや。おこってんのやでな」

と、蒲咸は答えた。

やがて、長江の堤防の上に出た。

春の暮れんとする長江の眺めは、すばらしかった。堤の上には緑の若草が萌《も》え、柳が翠《みどり》の髪を垂れ、堤の下にはツンツン尖った葦《あし》の新芽が、去年の枯葦の上に、緑の針を植えたように伸びつらなり、その向うには、汪洋《おうよう》たる大江《たいこう》がにぶい銀色に光りながらひろがっていた。もちろん向う岸は見えない。よく晴れた日でも見えないのだが、煙波《えんぱ》に霞んだこの季節には、空と水とのとけ合った薄緑の色にぬりこめられて、はてしもなく連なる大洋に臨むようであった。

やがて、河原におりて、葦の新芽の中を水際まで行った。そこここを物色しつつ時々かけ声をかけて、槍を水の中に突っ込んだ。突っ込む度に、三叉になった槍の先きには、大きな魚が胴中を刺されて上って来た。尾ッぽ《し》をふるわせ、ひれをふるわせる魚は、にぶい日の光を、全身におおった鱗《うろこ》と、飛び散るしずくとで砕きながら、魚籠の中におさめられて、やや長い間、ばたんばたんと騒いでいた。

槍をもってするこの漁法——これは、蒲咸の特技であった。この漁獲法には大変利点があった。前にものべた通り、当時の呉国はやたら税目が多く、漁夫らはその漁具——網・釣竿・舟・ヤナ・ツボ、一切のものが重税をまぬがれなかったが、そのこまかな税の網目も、槍を漁具とはみとめていなかった。蒲咸には、税というものがほとんどかかって来ないのだ。

税を納めないですむ喜びは、現代日本人だって、千六百年前の呉人だって同じだ。梅花村の人々はきそって蒲咸の技術を学ぼうとしたが、誰もそれを学ぶ事は出来なかった。

蒲蔵はある偶然の機会にこのコツを会得し、この技術を身につけたのだ。彼自身だって、筋道立てて人に説明することは出来なかった。だから、人に伝授しようにも、伝授出来なかった。

さて——無心に魚をさがし、無心に魚を突きつつあるように見える蒲蔵の胸には、一つの物思いがしこりのようにわだかまって、その心はその思いの周囲をくるりくるりとまわりつづけていた。麗華のことであった。

先刻から大分時間がたっているので、激情はしずまっていた。物思いはかなり着実であった。

「いつまでも、こんなことを続けていては、どもならへん。どう考えても、周慎はんと自分とをくらべてみると、自分の方が歩《ぶ》が悪いよってな」

と、考える。この考えは、

「麗華の心をひきもどすには、おれの方が、周慎はんより歩がよくならな、あかんわな」

となり、さらに、

「おれ、都に行って、軍人になったろかいな」

となった。

水中に在る魚を自在に刺し、空飛ぶ燕さえねらえば必ず刺して、はずしたことのない精妙な技術をもってすれば、相当な将校になることは、わけはなさそうであった。

彼は目に一丁字《いっていじ》もない。自分の名さえ書けない。しかし、それは気にかけなかった。軍人が無学であることは、中国では今世紀の一〇年代までは普通のことだった。

彼は、自分がいかめしい鎧《よろい》をまとい、腰に長剣を横たえ、たくましい馬にまたがり、何百人の部下をしたがえ、村に帰ってくる勇姿を空想した。麗華が前非をくいて、膝下に平伏してわびを言う情景を空想した。

「すぐには許せん。おれ、しかつめらしい顔で、こう言うたる。『覆水盆《ふくすいぼん》にかえらず言うやないか。今時、何言うてんのや』、あいつサメザメ泣きよるやろ。『うち心迷いはしたけど身はけがしてまへんえ』『身はけがしてへんでもあかん』『うち、死にまっせ』『死ねたら死ぬがええわさ。不貞な女のみせしめや』、あいつはおれの刀とって、胸につき刺そうとするやろ。ここまで来て、おれとめたろ。『心底《しんてい》見えた!』……ヘッ、どんなもんじゃい」

楽しい空想は、はてしがない。

「よしきた！　それにきめた！」

とつぜん、蒲咸は叫んだ。決心のほどを自らに示すために、魚の一ぱいつまっている魚籠を、腰から引きほどいた。河にたたきこんだ。槍をかついで帰途についた。

村に入って、小さな家のゴタゴタとならんで、曲りくねった狭い通りを、しばらく行くと、どこやらから声をかけるものがあった。

「咸兄《かんあに》イ、咸兄イ」

立ち止まって、キョロキョロ見まわすと、破れ土塀の、破れたところから、ひょっこりと出て来た者があった。古びた長袍《ちょうほう》を着た、よごれて黄色くなった長いひげを長いやせたあごの先にくっつけた、よぼよぼの老翁であった。

黄易石《こういせき》というこの老人は、数年前にどこからかこの村に流れこんで来たのだが、この土地が気に入ったといって、住みついてしまった。職業といっては別にないが、蓄えでもあるのか、衣食に不自由はしていない。いつも書物を読んでいるか、酒を飲んでいるか、散歩しているかしていた。書物なんぞ読む人間は、無学者ばかりのこの村では、変り者として敬して遠ざけられるのだが、この老人は不思議に村人の評判がよかった。何かの機会をみつけては、村人らと一盞《いっさん》やることをおこたらなかったからである。

「なんじゃな、おやっさん」

「まあ、ちょっとお待ち。話がある」

と言いながら、近づいて来た。

「おまえ、何か決心していることがあるやろ」

「ないこともない」

「その決心悪いで」

「その決心て、おやっさんわかっとるんかいな」

「わかっとる」

「へえ」

「おまえ、都に行って立身出世しようと、思《おも》とるやろ」

「ほう、こら妙や。ようわかったな」

と、蒲柀は目をまるくした。

「それくらいのこと、わからいでか」

と、老人は得意そうにひげをしごいて、

「都に行くのは、やめた方がええな。ろくなことはないで」
「そやかて、おれ、そうせんならん事情が、あんのや、やめるわけには行かへん」
「しかし、おまえは立身出世など出来んぞよ。おまえは運命の星が、そういう工合に出来とらんのや」

万事見通し、心得切っているような、老人の態度が、グッとシャクにさわった。いきなりどなった。
「この老いぼれ爺イ！　何言いくさる！　おれのこの腕前知らへんか。都に行って将軍府に願い出たら、中隊長ぐらいわけないわ。中隊長になって見いな、今この村でいばってはる、周慎はんたらいう、木ッパ将校なんど、鼻で吹き飛ばせるわいな。その時になって、あやまったって、おれ許さんで」

逆上して、麗華に向けるべき怒りを、老人に向けて、ガンガン、ガンガンと、どなり散らして去った。

老人はぽかんとして見送っていた。指の先きで耳をほじくっていた。蒲咸のどなりがあまりすごかったので、耳がつまったような気がしたのである。老人は丹念に耳をほじくり終ってから、子細げにつぶやいた。

「天の命は、めぐらすべからず、若い者ってしようのないものや。天命ちゅうものを、まるで知りおらん」

三

二日の後の昼すぎ、蒲咸は建業《けんぎょう》に行き、将軍府に出頭して、採用方を願い出ていた。

「いずれ改めての達しがある。宿所を届けておけ」

と申し渡された。

達しは急には来なかった。最初に願い出た時から、二十日も経った頃、やっと、試問するから出頭するようにと、言って来た。

「やれやれ、やっとかいな」

大いに意気ごんで出頭した。しかし、係りの役人は、蒲咸の身なりが粗野で、立居振舞いの田舎びているのを見ると、すっかり軽蔑した。こわい顔をして、どなりつけるような声で試問をした。

「その方、何か技術があるか？」

先祖代々、役人というものを、こわいものと思い伝えて来た蒲蔵は、ふるえ上った。おどおどしながら答えた。

「ヤ、ヤ、ヤ、ヤ、ヤリを少々」

「少々ぐらいの槍では、お取立てにはならんぞ。どれくらいつかえる」

「ス、ス、ス、ス、水中の魚を刺し、ヒ、ヒ、ヒ、飛燕《ひえん》を刺して、シ、シ、シ、しくじったことはありまへん」

「飛燕を刺す？　その方が？　ウソを申し立てては、おとがめがあるぞ」

「ウソあらしまへん」

「軍人として必要な槍は人を刺す槍だ。鳥や魚ではいかんぞ。その方、人を刺したことがあるか」

「ありまへん。ありまへん。わては、これまで正直な漁師で、人殺しするような、悪い人間ではおまへんでしたさかいに」

「おまへんでしたさかいにとは、なまぬるい言葉じゃ。これまでは漁師でも、武人らしい言葉遣いをせんと、その点だけでも落第だぞ」

こらあかんわと思った。黄老人の言ったことが思い出された。あきらめて帰ろう、と思った。しかし、もう一ぺんおしてみようと、恐る恐る言った。

「せめて、槍の使い方だけでも見ておくれやすな」

「ああ、見てやろう、こちらへ来い」

長い廊下を行きつくしたところに、四方を大きな建物でかこまれた、広い庭があった。

「しばらく、ここへひかえておれ」

役人は、蒲蔵を立ち止らせておいて、日のあたった庭を横切って、向うの廊下にわたった。大きな円い柱の立ちならんでいるその廊下に台があって、直径五尺もある大きな太鼓がぶらさげてあった。

役人はバチをとって太鼓をたたいた。ドロロンドロロンドロロンドロロンと太鼓の音がなり響くと、方々の廊下から人が出て来た。たくましい体格の軍人らであった。槍をかいこんでいる者があり、刀をたずさえている者があり、マサカリをかついでいる者があり、棒をたずさえている者があり、柄の長い青竜刀《せいりゅうとう》をかかえている者があり、様々な武器を持ち、様々の面がまえをしていた。役人はその連中に向って、

「槍術を申し立てて、採用を願い出た者がある。各々方、立合ってもらいたい」

と申し渡した。

「おお」

と、虎のほえるような声と共に、人々の中から飛び出て来た者があった。ウルシのように真黒なヒゲと、猛悪な目と、怒った鼻をした大男であった。両手に、一ふりずつの鉞《まさかり》をつかんでいた。

「拙者が、相手する」

と、言うや、ウォーミングアップをはじめた。手をあげ、足をあげ、からだを屈伸しながら、両手の鉞をゆるやかにふりまわしていたが、次第にその勢いは速くなり、しまいには目にもとまらぬ速さとなった。時々、鋭い掛声を発しながら跳躍した。上に飛び、前に飛び、後ろに飛び、左右に飛び、斜めに飛んだ。見事に発達した筋肉が、浅黒い皮膚の下でグリグリ動いて、ピカピカ光るのが、見事でもあれば、凄《すご》くもあった。これは魚や燕を相手にするのと大分違う。蒲咸はこわくなった。マサカリがちょいとでもふれたら、槍はたたっ切られ、その身は薪ザッポウのようにつんざかれるに違いなかった。

間もなく、やめて、こっちを見ていた。こちらのウォーミングアップを見学する所存と見えた。しかし、蒲咸にはそんな習慣はない。魚を獲るのにウォーミングアップなどしたら、漁師仲間の物笑いになってしまう。二、三度槍をしごくと、

「さあ、はじめまっせ」

と、言った。

武術の試合にこんな掛声はない。

「ええ？」

相手は戸惑いした。

「はじめまっせちゅうんでさ」

ヒョコヒョコと槍の穂先を動かした。勃然《ぼつぜん》として相手は怒った。

「よろしいか！」

「へえ、よろしおま」

ブーンとうなりながら、右手のマサカリがまわったとたん、蒲咸は槍をつき出した。魚くさい蒲咸の槍の穂先が、厚い鉄のヨロイの胸板にあたって、ガッと音をたてた。大亀をついた手応えだった。亀ならこんなことでは参らない。柔かい所をねらって突き直さなければならないが、人間は他愛ない。ドシンと尻もちついて、

「まいった！」

と、虎のような声でほえた。

「へえ、すんまへん。——お次はどなたどす」

魚や燕より大きいだけ、始末がしやすい、と思った。

「身共、相手する！」

と、出て来たのは、青白い顔をして、やせて長身の男だった。柄の長さ六尺、刃渡り三尺もあろうと思われる青竜刀を小脇にかいこんでいた。

すぐ、ウォーミングアップをはじめたが、病弱そうな様子に似ず、どう少なく見つもっても、五貫目はあるその青竜刀を、いとも軽々と振りまわす。巧みでもある。

柄のつかみよう一つで、遠くを払い、近くを払い、右に薙《な》ぎ、左に薙ぎたてるのが、自由自在で、変化の妙をきわめている。白い閃光がのびちぢみしつつうずまいているようで、その見事なこと、見つめていると、酔ってくるようであり、目まいがしそうであった。時々高く跳躍しては空をけった。それは敵の顔を蹴ッ飛ばすしぐさであるらしかった。間もなく、立合いが始まった。

ブンブンブンブン、シュッシュッシュッシュッと、空気を切る鋭い音をたてながら、青竜刀の白い刃は、たえ間なく蒲蔵に迫って来た。背筋がゾクゾクするほどいやな音であり、いやな光だ。蒲蔵は槍をかまえたままジリジリジリと、退《さが》った。相手が迫るほどずつ、こっちは退り、こっちが退るだけずつ、相手は迫って来る。いつか広場を三回まわった。

退るばかりで、全然積極的な抵抗を見せない蒲蔵の態度に、相手はいらだったのか、与《くみ》しやすしと思ったのか、いきなり大股にふみこんで来た。青竜刀の光がキラリと目を射て、真向から飛んで来た。首をふって避けたが、避けたと思った時に、相手のからだはマリのようにちぢんで宙にあり、土にまみれた靴の裏が目前にあった。おかしな連想だが、泥田の中から飛び立つ、鴨《かも》の胸毛を思いだした。その足の裏を目がけて、槍をくり出した。

「アアッ!」

とんでもないところを突かれて、相手は悲鳴を上げた。宙で一ぺん、トンボ返りをうって、それから、叩きつけられたように落ちて、へたばった。

「へえ、次はどなたはんどす」

蒲蔵の槍法は、武士らには、まるで見当もつきかねるものだった。気味が悪かった。

彼らは、ノッソリと立っている蒲戚を見つめたまま、しばらく動こうとしなかった。が、一人が飛び出した。

小男のくせに、長い口ひげを生やし、たっぷり一丈二尺はあろうと思われる大槍をかかえた男であった。たけはひくいが、まるまるとふとった男だったから、そんな大槍をかかえこんだところは、金串《かなぐし》をさされて火の上にかざされた、鶉《うずら》の面影があった。

この男は、ウォーミングアップをやる間に、技術の弱点を見抜かれると思ったらしい、飛び出して来るや、槍をかまえて、

「いざ！」

と、叫んだ。

蒲戚も槍をかまえた。とたんに、相手の大槍は、真直ぐに空に向って立ち、次の瞬間には、真向から叩きつけて来た。しゃくり上げて来た。目にも止まらぬ速さで、拳の中に吸いこまれたかと思うと、光る穂先が、つぶてを打つように胸先に迫って来た。乱暴きわまる槍法だ。

蒲戚は、胆《きも》をつぶした。逃げだした。

「卑怯なり、返せ！」

小男に似合わない途方もない大きな声で叫びながら、追いかけて来た。蒲咸は逃げに逃げ、とうとう廊下に逃げ上って太鼓をぶら下げてある衝立《ついたて》のかげにかくれた。相手は叩きつけようとしたが、衝立が邪魔になった。横に薙ごうとしたが、すくすくと立ちならんだ円柱がさえぎった。しかたがないので、隙間をねらって突きかけて来た。

蒲咸は、青くなって、鋭い穂先を避けるのに必死だった。相手の突きはずす度に太鼓はゆれ、ドロロンドロロンと鳴った。かんかんに腹を立てた相手は、どうにかして突きとめようと夢中になっていた。目をつり上げ、歯をむき出し、長いひげを逆立てているその顔が、すき間すき間からちらちらと見える。粗朶《そだ》のからんだ枯葦の間にのぞかれる鯰《なまず》そっくりだ。

相手が鳥類や魚類に見えれば、もうしめたもんだ。

恐怖は、忽《たちま》ち去った。

「ホイ!」

と、掛声して突き出した槍先に、したたか肩を刺されて、デーンとひっくりかえった。

蒲咸は得意だった。魚や鳥を刺すつもりでやれば、わけはないのやと、悟った。

大はり切りにはり切って叫んだ。

「さあ、お次ぎどっせ」

先刻の役人が出て来た。

「もうよろしい。大体わかった。こちらへ来るがよい」

と、言って、先刻の室につれて行った。

「まあ、掛けるがよい」

まず椅子に腰掛けさせた。

さっきとは、大分様子が違う。蒲咸は大いに期待した。

(ひょっとすると、大隊長やな。どう間違っても、中隊長ははずれへんな)

と、かたずをのんだ。役人は、えへん、とせきばらいして言う。

「そなたの槍は、どこで誰について修業したのだ」

「誰からも教えてもらやしまへん。わては、梅花村の漁師どす。毎日、長江に出て、魚をついているうちに、天然自然におぼえたのどすんや。言うて見れば自得の槍どすね」

役人は、大きくうなずいた。

「さもあろう。さもあろう。名ある流派の槍ならばああはないはずだ。そなたは、よく相手を突くことは突くが、槍術とは言えんな、銛《もり》じゃな。武術としての威厳と、美しさがまるでない。あれではいくら突くのが上手でも、堂々たるわが呉国軍の将校として、採用するわけにはいかん。呉軍の将校は銛を使うといわれては、外見にもかかわることだ」

蒲咸は、自分の耳を疑った。ポカンと相手を見ていた。

「つまり、どういうことになるのどすやろ」

「まことに気の毒だが、採用というわけには行かんな」

「へえ、――あんなに強うてもどすか。もう二、三人突っころがしてお見せしたらどうどす」

「それには及ばん。しかし、あまり気の毒だから、下士官に採用してやろう。軍曹ぐらいのところにな。軍曹なら、槍のかわりに、銛を使っても、身分相応というものじゃからね」

「軍曹といいますと、何人位の手下がつきます？」

「五人だな」

「五人ではあきまへん。折角出て来たかいがありまへんさかいな」

「そんなら曹長ではどうじゃ。これは十五人の部下がつく」

「あきまへん」

「特務曹長ではどうだ。これなら五十人つく」

「あきまへん。あきまへん。どうでも、二百人以上手下がつかんとこまりますのや」

「どうしてそんなに部下がいるのだ。二百人の部下というと、故参《こさん》の少尉か中尉でなければならん。タカの知れた銛使いの分際で、僭越《えつ》至極。堂々たる呉王国の軍隊を、何と心得ている！」

　役人は恐ろしく腹を立てて、どなり出した。

四

　ぼんやりと、将軍府を出た。

「さてどうしよう」

と、思った。このままおめおめと、村へ帰る気にはなれない。思いあぐねながら、にぎやかな町を歩いていると、前方を行く人の姿が目についた。田舎びた服装をした老人である。首をたれ、肩を落とし、ひどく物思わしげに歩いて行く。時々肩のふるえるのが、泣いているのではないかと思われた。

「麗華の父の宋四おじやんに似とるけど……」

急ぎ足に追いかけた。追いこしざま、のぞきこむと、老人が顔を上げた。ばったり目が合った。

「はあれ、まあ！　宋のおじやんやありまへんか」

「おんや、まあ！　咸やないかん？」

二人の田舎者の、田舎言葉丸出しの高話に、物見高い都人らが集って来て、クスクス笑いながらとりまいた。

老人の袖をひいて、人通りの少ない横町に入った。肩をならべて歩きながら、話をする。

「おじやん、あんた、いつ来たのや」

「一昨日《おととい》来たわな」

と、言う老人の声が変だった。見ると、泣いていた。蒲咸は驚いた。

「おんや、おじやん泣いとるやないかん」

老人はためいきをついて、ポロポロと涙をこぼしながら、ボソボソした調子で言う。

「おまえが、村を出てからすぐやった。おかみから達しがあったちゅうて、村にいた兵隊どもは、こちらに引き上げたんやが、その引き上げ際に、あの隊長が来よってな。改めて相談やが、麗華をくれんかいうのや。折角のことどすけど、いつぞやも言いました通り、あれには定まる聟《むこ》がありますよって、と、ことわった。すると隊長め、えろうおこりおってな。刀引っこぬいて、柱に切りつけるやら、卓子《つくえ》をたたき割るやら、さんざ暴れよった。それでも、わしがウンといわんものやから、すごすご帰って行きよった」

「……………」

「ところが、そのあくる日のことや、十人ばかりの兵隊を連れて来て、とめるわしらを奥のへやに押しこんどいて、無理矢理に麗華を連れて行ってしもうた。やっとのことで、へやを出てみると、昨日半分こわした卓子の上に、布《きれ》につつんで銀が三十両おいてあった。なにやらきれに書いてある。わしは『身の代金』という字や思うた。――押し買いする料簡と見た」

　蒲咸は、呼吸もとまるくらい驚いていた。自分が村を出てから、まだ一月とは経っていないのに、何ということが行われたのだろうと、あきれるばかりであった。一、二瞬の後には、勃然たる怒りにかわった。

　はげしい声で言った。

「それで、おじやんは、どうしやはったんどす」

「言うまでもあらへん。おれ、追いかけた。しかし、もう村に居イへん。すぐ打ち立つ支度をしてからさらいに来たらしいのや」

「………」

「わしは念のために、黄爺《こうじい》やんに、金包みの字を読んでもろうた。思うた通りやった。『身の代金』と書いたると言う。わしはお前にもすまんし、娘も可哀そうなんで、こちらに出て来た。そして、毎日あいつの家に行って、返してくれるように言うのやが、返してくれへんのや」

「家じゃだめや。そんなん兵営に行けばええのや。将校なんちゅう奴は、やたら外聞気にしよるよって、兵営に行ってねじこめば、他の将校に知れるのをきろうて、返してくれる気になりおるのや」

「その兵営にも行ったのや。行ったらな、行ったらな、行ったらな、……」

　老人は新たな涙をポロポロと流して、

「兵隊どもが出て来よって、寄ってたかって、わしを打《ぶ》ったり、たたいたり、蹴ったりして、外へ追い出してしもうた。一旦売っておきながら、もっと金もらおうと、欲心出して来たのやろ言うてな」

蒲咸の単純な胸にも、事が容易ならぬたくらみの下に、行われていることがわかった。しかし、寸時の後には、猛然たる怒りが胸に燃えた。これほどの不正がどうして通るものか、世の中というものは、それほど不合理ではない、出る所へ出れば必ず黒白は明らかになるのだ、と、思った。

「よッしゃ！　わしにまかせなはれ」

蒲咸は、老人を連れて、一旦宿屋に引き上げた。食事をすまし腹拵《はらごしら》えをした上で、御史大夫《ぎょしたいふ》（法務長官兼検事総長）の屋敷へ向った。

「なに、閣下に拝謁したい？」

御史大夫の家の門番は、二人の田舎者を、頭から足の先き、足の先きから頭へ、幾度も見上げ見下した後、

「門鑑《もんかん》があるかな」

と、きいた。

「門鑑といいますと？」

「御門出入りの手札だな。こんな形をしている」

親ゆびと人指ゆびで、まるい形をつくって見せた。

「これがないと、だめだね」

「そんなものあらしまへん。初めて上ったのどすよって」

「なければ入るわけには行かんな。しかしよく考えてごらん。持っているかも知れないよ。こんな形だよ」

と、また形をこしらえて見せた。

「金《きん》、又は銀、又は銅で、こしらえてある。金でこしらえたのが一等、次は銀、次は銅じゃて」

説明しながら、にやにや笑っていた。蒲成には、相手が何を言っているのか、さっぱりわからなかったが、宋四は腰の巾着《きんちゃく》をはずすと、中から一枚の銀銭《ぎんせん》をとり出して差出した。門番はにたりと笑った。受取るや、中に入ってカンヌキをはずして、扉を開けた。

「通らっしゃい」

門を入って、玄関に立った。ここの取次ぎは、門番のような謎かけのような面倒なことはしない。いきなり手を出して、二、三度ヒョコヒョコとしゃくって見せた。老人はまた銀銭をその手にのせた。

取次ぎは森閑《しんかん》とした奥に消えて、一人の男と一緒に出て来た。ヒゲなど生やした中年の男で、かなり上等な服装をしていた。気取ったものいいをする。

「わしは当家の執事じゃが、拝謁の用向きは何じゃな」

蒲威は本籍と名前を言い、簡単に事情を説明し、その非違を正し、一日も早く麗華を返してくれるようにはからっていただきたいと言った。

蒲威がこう言っている間に、老人はまた財布から銀貨をとり出した。一枚 掌《てのひら》にのせて、しばらく考えて、さらに一枚追加して、執事の脇腹のあたりにさし出した。

執事は、ひたすら蒲威の言葉に耳をかたむけて、そちらの方を見向きもしないようだったが、銀貨をのせた老人の掌が、一尺ほどの距離に近づくと、さっと手をひらめかした。細い長い指先が、老人の掌にふれたかふれないかに見えたが、銀子はきれいにさらわれていた。地上の獲物を目がけて一息に空中からかけおりて引きさらって行く鷹より、まだあざやかなすばやさだった。さらった銀銭を、ダブダブの袖にたくしこみなが

ら、

「そういう事情なら、こちらに来るがよい」

と言って、二人を導いて一室に通した。

「しばらく待っているがよい、いま御都合を伺って来る」

執事が奥へ消えて後、かなり時間がたった。ふと、

「のう、咸や」

と、老人が話しかけた。

「何です」

「おまえ、そこにいくら持合せがあるかの」

「持合せって、銭ですかん」

「みんなが、あんな工合に、ワイロを受取りなさる所を見ると、これはせにゃならん世間なみの礼儀になっとるらしいの。礼儀とすれば、御本尊の閣下様にも上げにゃならんが、閣下様やと少々じゃああかんやろ思うての」

蒲咸は、ふところから財布を出して、財布ごと渡した。老人は蒲咸の財布からいく枚かの銀銭をつかみ出した。

「五枚、かりとくで」

と、財布を返して、自分の財布からありだけの銀銭を出した。蒲咸に借りたのを合わせて、全部で八枚あった。

老人は、八枚の銀銭を片手ににぎりしめて、奥からの連絡を待ったが、なんの連絡もなく、また時間が流れた。老人は時々掌をひらいて、ふうふうと吹いた。あまりしっかりにぎりしめられた銭は、汗で濡れるのだった。汗で濡れたワイロでは失礼だと、思われるのであった。

老人が何度目かの銭吹きをやっている時、さっきの執事が出て来た。執事の顔には、さっきの愛想のいい表情が消えて、おそろしく、いかめしいものがあった。蒲咸は、ハッとしたが、案のじょうだった。大股な、荒々しい足取りで近づいて来た執事は、二人の前に立つや、

「その方ども、虚偽の訴えをいたしたな！」

と、どなりつけた。ドシンドシンと足をふみならした。そして、すくみ上ったこちらが、なんにも言いもしないのに、

「だまれ！　だまれ！　だまれ！」

と、連呼して、

「おのれ、不埒千万《ふらちせんばん》なる者共め！　宋麗華なる女は、父親たる者から、掟《おきて》の定めにしたがって売り渡されているではないか！」

「そ、そ、それが、そ、そ、そうやないのどす！」

「だまれ、だまれ。銀三十両をもって立派に売り渡されているぞ。手続きの上にも、一点の不備がない。不埒者共が！　いやしき漁師風情の分際で、名誉ある武人を誣告《ぶこく》するとは、浅からぬ罪だぞ。キリキリ立去りおろう。ぐずぐずいたすにおいては、引ッくくって重罪に処するぞ！」

まくし立てまくし立て、こちらには口を利かせないで、奥に向かって叫んだ。

「者共、このうそつき共を、叩き出せ！」

四人の屈竟《くっきょう》な下僕共が、飛び出して来た。一人に二人ずつついて、両方から腕をとり、背中をおして、ぐいぐいと門までつれて出て、ぽいと突き放した。

突き放された時、宋四老人のつかんでいた銀銭が、チャラチャラチャラと、地ベタに散らばった。下僕らがそれを拾ったのは、腹の空いた牝鶏《めんどり》が落ちこぼれている飯粒を拾うよりまだ速かった。もちろん、返してなんぞくれない。拾ったと思ったら、サッと門内に入り、ギーと扉を閉ざしてしまった。

五

老人と蒲咸は、すごすごと梅花村に帰った。

面白からぬ日が流れた。

やけつくような暑熱のつづく頃、久しく小ぜり合いをつづけていた、呉と晋との国交が、断絶した。

晋の方では、陸軍と水軍の二手にわかれ、陸軍は杜預《どよ》が将となって、江陵（湖北省荊《けい》州《しゅう》府《ふ》陵県）から長江に沿い、水軍は王濬《おうしゅん》が将となって、巴蜀《はしょく》（四川省重慶府巴《は》県《けん》）から舟に乗じて長江を下って、呼応しつつ呉国に攻めこむ準備をととのえつつあるという情報が、呉国に伝わった。

呉国では、決して恐れはしなかった。六十年前、呉は晋の前朝《ぜんちょう》、魏の曹操《そうそう》が、八十万の大軍をひきい、船に乗じて長江を下って来たのを、赤壁《せきへき》に迎え戦って、さんざんに打ち破り、曹操を生命からがら逃げ帰らせた名誉を持っている。河や湖水の多い呉国の兵は水上の戦いを得意としている。

「曹操の二の舞いよ」

呉では、むしろ勇んで、防戦の準備にとりかかった。

彼等は、揚子江の洲という洲に、頑丈な鉄棒を打ちこみ、これを太い鉄鎖で縦横に連絡した。また、水中の要所要所に、巨大鋭利な鉄の錐《きり》を、さかさまに植えた。船が鉄鎖に遭えばせきとめられ、錐に突き当れば、船底が破れて沈むという仕掛であった。長江沿岸の漁師や百姓らの壮強な者は、一人残らず徴発されて、この施設のために労役させられた。

蒲咸は、この苦役に追い使われている間に、徐々に一つの思案を胸の奥深い所で生長させて行った。

「そんな馬鹿なことがあるものか」

駆り出されて、労役している間、時々、蒲咸はこうつぶやく。胸にむしかえしつづけている物思いから、自然に漏れ出して来るつぶやきのようであった。彼は、麗華のことを考えていた。周慎のことを考えていた。また、御史大夫の仕打ちを考えていた。漁師の単純な心にも、周慎と御史大夫とがグルになって、横車を押して押し切ったのだと考えずにおられない。

最初のうち、怒りは許婚の恋人を奪われたという一点に集中された。可憐な麗華が心にもなく獣欲の犠牲になっていることを考えると、気も狂うばかりだった。しかし、やがてそれは一般的なことにひろがった。重税、苛政《かせい》、官吏の腐敗堕落、皓王の並はずれた暴虐。一体、国というものは何の為にあるのだろう。法律は？　政府は？　官吏は？　正が正として通り、悪が悪として処罰されるというのでなければ、国も、法律も、政府も、官吏も、あって益なきものではないか、と疑わざるを得なかった。とうとうこう結論した。

「呉国は、そのあって益なき国や。それどころやあらへん。有ることが、民の害悪になる国や」

防禦設備が完成すると、出張の役人らはほんの二、三人、係りの者をのこして都に引き上げた。その時、沿岸の漁師らから主な者をえらんで、見廻り役に任命したが、蒲咸もその一人にえらばれた。蒲咸は熱心に役目をつとめた。非番の日さえ小舟を出して、設備区域を見廻って、少しでも異状があれば、役人に報告したので、役人らの、蒲咸にたいする信用は一通りではなかった。色々な場合に呼ばれて、その意見を聞かれた。

秋が次第に深くなり、大江の岸辺に密生した葦が、そよふく風にも、さわさわと鳴る頃のある日、いつもの通り蒲咸は見廻りをすませて、小舟を岸に引き上げ、槍を杖づきながら堤防の斜面を上って来た。すると、堤の上の草の中に、うずくまっている者があって、もそりと動いた。

古びて、色あせたその人の青衣は、枯れ凋《しぼ》みかけた草の色と見分けがつかなかった。そこに人がいようとはまるで知らなかった蒲咸は、飛び上るほど驚いた。とっさに槍をかまえた。

「咸兄イ。お前、朋友《ポンユー》を殺すつもりかい」

と、相手は言った。

黄易石老人だった。黄色いひげをなでながら笑っていた。

「おお、黄爺やんか。ビックリさせるやないか」

「そんなに驚くことはないのに、どうして驚くのかね。こんなことにびっくりすると、むほんを企てとるんじゃないかと疑われるぞよ」

「何言うてんのや、人聞きの悪い」

蒲咸が堤を上り切ると、老人はまた草の中にすわった。

「まあ、お前もおすわり」

と、言ってすわらせ、しばらく世間話をしていたが、ふと調子を改めて、低い声で言った。

「お前、今胸にもっているその考えは、捨てた方がええで」

ぎょっとしたが、すぐ笑った。

「何言うてんのや」

「かくしなさんな。わしは、ちゃーんと知っとるぞ。お前、ここの要害を、晋軍に密告して、晋軍をひき入れることを考えとるじゃろ」

「あほう言いなはれ！」

絶叫した。青くなっていた。おろおろとつづけた。

「なにを証拠にそないなことを言うのや。人に聞かれたら大事《おおごと》やがな。なんぼ爺やんかて、おれ承知しいへんで」

老人は、にやにやと笑った。

「まあまあ、そうおこるなや。考えていんなら結構や。今の呉の国はいけんことだらけの国じゃ。たたきつぶしてしまいたいというのは人情じゃが、戦争でたたきつぶすいう考えはようない。戦争から出て来るものは、鬼か、蛇か、悪魔に限られとる。仏を出すつもりではじめても、仏より悪魔の方が仰山出て来よるのや。昔から、王者の軍隊は、犯さず、かすめず、と、ものの本に書いたるが、真赤なウソよ。どんな立派な人がひきいとる軍隊でも、どんな立派な考えからおこされた戦争でも、戦争となれば悪魔がとびまわって悪さのかぎりをつくすのや。これが戦争というものや。よいかな、わかったかな」

なにをぬかす、この爺イと、思った。しかし逆らうと悪い。そわそわと立上った。

「爺やんよ。帰ろうや。大分、風が冷えて来よったで」

老人は、帰る道々も、しきりに戦争の恐るべきことを説いた。蒲咸は、よく聞いていなかった。早く老人と別れることばかり、考えていた。その夜、蒲咸は小舟に乗って、夜通し漕いで、対岸に渡った。そこには、晋軍の一支隊が駐屯していた。彼は、その駐屯隊に駆けこんだ。

六

二十日ばかりの後、晋軍は行動をおこした。蒲咸の密告によって防備の配置工合が明らかになったからであった。

蒲咸は、武昌まで連れて行かれ、そこで水軍十万をひきいて江《こう》を下って来た、水軍大総督王濬に目通りした。王濬は、人を遠ざけて、くわしく話を聞くと、嚮導《きようどう》（案内者）に任ずる辞令をくれた。東へ東へと下る水軍と並行して、陸軍は江の北岸を下った。いく十万の軍勢であろうか。戦車、騎兵、歩卒、様々の装いの軍勢が行軍して行くのである。ひびきは雷鳴のごとく、旗指物《はたさしもの》は林のごとく、剣戟《けんげき》の光は雷光のごとく、立ちのぼるほこりは空の半ばを真黄色に染めていた。

数日の後、水軍は、呉軍の防禦設備の水域にさしかかった。王濬は、鉄鎖のあるところに来ると、油を一ぱいに入れた大ダライの中に薪を入れ、鉄鎖を熱し、灼熱させ、溶《よう》解《かい》させ、ついにやき切った。錐に出会うと、武昌で用意して来た大きな筏《いかだ》をむすびつけて危険信号とした。

こうして、水軍の手によって呉軍の防備が無力となると、満を持していた陸軍は、一斉に江を横切って呉地に攻めこんだ。

うそのような話だが、このことを呉の方ではまるで知らなかった。呉の都近くまで晋

軍が近づいた時、大将軍の孫歆《そんかん》が、

「北来の軍は飛んで江を渡ったのか。どうしてここへ攻めつけることが出来たのだろう」

と、仰天したと、史書に書いてある位だから、安心しきって油断していたのだろう。こんな工合だったので、晋の陸軍は破竹の勢いで呉国を政略しつつ、首都建業に迫った。

一方、水軍は、陸軍を渡河させると、さらに流れ下って、石頭城《せきとうじょう》に攻めかけた。石頭城は建業の西郊にあって、呉の王城である。呉の太祖孫権《そんけん》の経営になり、江に望んで切り立てたような絶壁をめぐらし、要害無双、一夫これを守れば万夫も攻めるに難い堅城であったが、意気の沮喪《そそう》している呉軍ははかばかしい抵抗もせず、数日の籠城で降伏した。皓王は降伏の礼により、自ら後ろ手にしばり、白布で顔をおおうて出でて降《くだ》った。

蒲咸は、大将軍の王濬に従って城内に入ったが、一目そこを見ると足がすくんだ。至るところにむごたらしい掠奪暴行のあとが展開されていた。壮麗なる宮殿は荒され、財宝はとり散らされ、惨殺された呉兵の死体が、殿上にも、庭にも、累々と散らばって、その上を、初冬の晒《さら》されたような日が照らしていた。さらに、奥殿に入ってみると、暴行と嗜虐《しぎゃく》の跡をなまなましくのこした宮女らの死体が、あるいは素裸で、あるいは半裸体で、散らばっていた。

蒲咸は身に魂がそわなかった。顔は真青になり、ふるえ、全身に汗をかき、立っているにたえない気持であった。

「晋と、呉とは、いずれ戦わなければならない運命にあった。自分が晋軍に要害の秘密を教えなかったとしても、戦争ははじまったのだ。だから、自分には責任はない」

と思って見たが、胸のいたみは去らなかった。

間もなく陸路長駆して、建業を屠《ほふ》った陸軍が到着した。

王濬、杜預の二将軍は手をにぎり、肩をたたき合って、相手の武功を賞讃し合い、祝辞をのべ合った。

王濬は蒲咸を呼びよせて、杜預に紹介した。

「この男ですよ。江中の防禦配置を教えてくれたのは」

「ああ、そうですか」

杜預はそっけない調子でこう言ったが、一つかみの金をくれた。

蒲咸は、この将軍が学者としても有名で、春秋左氏伝の立派な注釈を後世にのこした人であることは、もちろん知らない。しかし、そのそっけない調子と、軽蔑したような冷たい目の光とが、胸の奥深いところに突きささるように感じた。

王濬も金をくれた。蒲咸は金を受けて、退《さが》りかけたが、急にひざまずいて、拝をしながら言った。

「ここまで参れば、もう手前の出来ることはありません。この辺で、おひまをいただかしてほしおます」

彼はここまでついて来る気はなかったのだ。長江の防禦設備を教えたら、すぐひまをもらうつもりでいた。しかし、蒲咸が長江の水路を熟知しているのを知った王濬は、はなそうとしなかった。防禦設備の撤去がすんで、つい目の前に梅花村を見て江を下る時も、

「あそこが手前の村どす。家のことが気になってなりまへんよって、このへんでかえしておくれやす」

と、また願ったが、この時も許さなかった。

「そちの村には、軍勢の立寄らんように、手配しておく。安心して、今少し案内をつづ

けい」

と、言って、蒲咸の見る前で杜預に手紙を書き、それを将校に持たせてやってくれたのであった。

今またひまをくれという蒲咸を、王濬はジッと見たが、すぐうなずいて、

「かえって行くがよい。御苦労だったな」

と、言った。もう蒲咸には目もくれない。杜預と談笑しながら、うしろに幕僚らをゾロゾロと引きつれて、歩き去った。

しばらくの後、蒲咸は、石頭城の長い、屈曲した石段道を、おりて行きつつあった。彼は周慎の邸に行って、麗華を救い出すもくろみを立てていた。このことは、彼にとって、心勇み、また心楽しかるべきことであるはずなのに、彼の心は鬱屈しきっていた。残酷無残な暴虐のあとや、黄老人のことばや、晋の二将軍の軽蔑をふくんだつめたい目つきなどが、次から次に思い出されて、胸をおさえつけた。

無理に心をかきたて、口笛を吹き、足をはずませて歩いていたが、ふと石段の片隅に、キラリと金色に輝くものを見つけて、足をとめた。ひろい上げた。黄金製の簪《かんざし》だった。頭部に精妙なタガネで鸞鳳《らんぽう》が彫ってあった。後宮《こうきゆう》からシコタマ掠奪して運び

去る兵士らの包みの中からこぼれ落ちたのだろうか、兵士らにひきずられて行く宮女の黒髪から抜け落ちたのであろうか、いずれかに相違ないと考えられた。大事にふところにしまった。

「ちょうどええ。麗華にやったらよろこぶやろ」

建業の町に入ると、兵士らの掠奪暴行は、輪をかけたものがあった。わめき廻りながら手当り次第に物をこわしている兵隊、せっせと家から家財道具を運び出しては牛車に積んでいる兵隊、切り裂くような女の悲鳴、頭をたたき割られたり、袈裟《けさ》がけに切られたりして、死んでいる血だらけな市民。

蒲咸は、次第に不安になった。この調子では、麗華が無事であることはむずかしいと思われた。

「無事であってくれ、無事であってくれ」

祈る念《おも》いをこめて、つぶやきつづけながら、道を急いだ。

七

周慎の屋敷は銅駝街《どうだがい》にあった。小さいが気の利いた感じの家であった。蒲咸は開けっぱなしになっている門を入って、車寄に立った。シンと静まって、人の居ない感じである。要領よく避難してしまったあとかも知れないと思ったが、とにかく案内を乞うてみる。

「お頼みします」

返事はなかった。こだまだけがかえって来た。

「頼んまあーす」

と、一だんと声をはった。やはり返事はない。「まあーす」というこだまだけが、ばかばかしく大きくかえって来た。

「入りまっせ。——とにかく、入らせてもらいまっせ」

声をかけながら、へッぴり腰で入って行った。いきなり、「こらア！」とどなられそうな気がするのだ。

どの部屋も開けっぱなしで、色々の家具類が部屋一ぱい、乱雑にひきずり散らされていた。家具類など大方はたたきこわされて、なまなましい木はだがあらわになっており、衣服類も引きさかれたり、引きちぎられたりしてあるのが多かった。

掠奪にあった形跡がれきぜんとしていた。それはそのままに、住む人の運命をしめすものだった。

「麗華はどないしたやろ。どんな目に会うたんやろ」

暗い雲が胸におおいかぶさるような気持で、蒲咸は立ちすくんだ。さらに奥へ入って、一室に足をふみ入れたが、入ったとたんに足がすくんだ。呼吸《いき》をのんだ。

窓の小さい、薄暗いその部屋に、三人の女が殺されていた。三人とも一糸まとわぬ裸体《はだか》であった。髪をふりみだし、手足をひろげて死んでいる。とぼしい光の中に、裸の白い女体《にょたい》はなまなましい人体というよりも、人形かなにかのように見えた。おずおずと近づいた。一人一人の様子を調べて見た。明らかに暴行のあとがあり、細い首には扼殺《やくさつ》のあとが、濃い紫の指のあとをはっきりとのこしていた。

「ひどいことをしおる」

蒲咸はつぶやいた。が、こんな場合にも、人間というものは、自分中心にしか考えられないものらしい。麗華でなかったことに、ほっと安心のといきがもれた。そのといきが、静かな室内の空気をふるわせ、自分の耳に入った時、蒲咸の胸は強い恐怖につかまれた。はげしくふるえた。膝ががくがくして立っていることが出来ないような気がした。叫びだしたいような気がした。つめたい汗にひたいをぬらし、よろめく足をふみしめて、そこを出た。もう一刻もこの恐ろしい家にとどまっていることが出来ないような気がした。彼はその部屋を出たが、奥にもう一間あるのに気がついた。

非常な努力で勇気をふるいおこして、足をかえしたが、部屋の入口から二、三歩入ったところで、足をとめた。ぐるりと見まわした。その部屋もまた乱雑にとり散らされていた。人影はなかった。

「誰も居いへん。麗華よ、あんたどこへいっててんのや」

心の中につぶやいた。すると、その心の中のつぶやきが合図であったかのように、部屋のどこかで異様な物音がした。どんな物音であったか、どの程度の物音であったか、どこから聞こえて来たか、はっきりとは聞きわけられなかった。しかし、百雷が一時におちかかったとしても、こんなにまで、驚きはしなかったろう。仰天した。飛び上った。杖づいた槍を、サッとかまえた。

槍は彼の手中で、わなわなとふるえた。白く光る槍の穂先が、うすやみの中にはげしくふるえているのを見た時、恐怖は絶頂に達した。髪がさかだった。つめたい汗がひたいをぬらした。歯がガチガチと鳴った。じりじりと入口の方に退きはじめた。

その時、また物音がした。どうやら、それはくしゃみの音のようだった。しかも女のくしゃみのようだった。

「だ、だれだ！」

蒲咸は絶叫した。

死のしずけさにある建物一ぱいに、ワーンと耳なりするほど、その声は強い反響をよんだ。

すると、部屋の一番奥の、とばりのかげから、白い長い衣服を着たものが、音もなく、スーと立ちあらわれた。

髪をふり乱している、と見た時、またどなった。

「だ、だれだ！」

「いのちだけは、助けておくれやす。なんでも、ほしいもの上げますよって」

ふるえる、やさしい女の声であった。

ハッとした。声に聞きおぼえがあるように思った。凝視した。言った。

「あんた、麗華やないかん」

相手は驚いた。こちらを見つめていたが、忽ち、

「あら、戚兄さんやないかん！」

と叫んで、飛びついて来た。あやうく、槍の穂先が、そのからだを串刺しにするところだった。

「おっとあぶない」

槍をそばめる蒲戚の胸に、麗華の身体がドンとぶつかって来た。よろめきながら、蒲戚はしっかりと抱きしめた。やわらかく、あたたかく、しなやかなからだだった。

八

やがて、麗華はとぎれがちに語る。

この家につれられて後、彼女は、毎日のように周慎の意に従うように、せめたてられた。はじめのうち、彼女は決して耳をかたむけなかった。どんな暴力にも、どんな甘言にも、心を屈しなかった。

数日の後、周慎は、京尹《けいいん》（市長）からもらって来たという証明書を示して、

「この通り、お前はおれの奴隷なのだから、おれのいうことにはそむいてならないの

だ」

と言った。文字のよめない麗華には、なんと書いてあるかわからなかった。

「よく見ろよ。この書きつけには、こう書いてあるのだ。――梅花村生れ、宋麗華、右は、規定の手続きを経て、その父宋四《そうし》より、買受けられ、禁衛軍《きんえいぐん》中尉周慎の奴隷となったものである。右証明す。――こうして京尹が証明しているのだ。お前が、おれの命令をこばむのは、間違っているのだよ。おれは国家の法律で認められている主人としての権利を行使しようとしているのだ。お前がそれをこばむというのは、法律に違反しているのだ。『国憲を重んじ、国法に遵《したが》い』という勅語の出ていることを知らんのか」

と、周慎は説明した。

国憲だの、国法だのと言ったって、無学な漁師の娘である麗華にはわからないが、その書類におしてある、京尹の判子《はんこ》だという、赤い大きな判子は、いかめしい力をもって、麗華の心にのしかかった。この大きな判子のすわっている書き物なら、よほどの力があるにちがいないと思った。ついに彼女は、周慎の言うことに従った。

読者諸君よ。麗華を笑ってはならない。公文書というものは、現代の我々にだって、不思議な力を持っているのだ。

「ほんまどっせ。あたい、周慎はんを、いとしいと思いはじめたんどっせ」

阿呆な女め！　こんなことを言いおる。

嫉妬が蒲咸の胸をかきむしった。にえかえった。けしからんと思った。

麗華のおかれたような境遇に、女が沈んだ場合、昔からの物語は、女は日夜に悲しみにくれて、涙のかわく間はなく、たとえやむなく微笑をうかべることがあっても、心の中では泣いているものだと、伝えている。幾千年の昔から、あらゆる時代の人が、そう信じて疑わなかったことがらと、まるで正反対である。

「アイヤー、なんたることや！」

と、蒲咸は悲憤の涙がこぼれそうになった。

この女は格はずれなのだと思った。格はずれの淫奔《いんぽん》なのか、格はずれの阿呆なのか、どちらかにちがいないと思った。かなしいことに、そう断定しながらも、愛情はいやますばかりであった。

苦しい胸をおさえつけた。微笑をこしらえた。やさしく、おうようにうなずいた。

「よしよし。そうかそうか。それからどうしたんや」

戦争がはじまると、周慎は出陣した。麗華は、泣きの涙で送った。

「戦争なんかせんといておくれやす。あぶないところへは、近づかんといてね。斬合《きりあ》いがはじまったら、お逃げやすや。わて戦争未亡人になって、難儀すんのいやですよってね」

「死にやせん。お前が酒場づとめをしたり、娼婦になったりするのは、おれも気に入らんでな」

といった調子で、周慎は出征した。

それから幾十日——

とつぜん、周慎の従卒がかえって来て、周慎の戦死をつげ、味方の軍が苦戦中であると告げた。

麗華は悲しみに沈んだ。しかし、堂々たる呉王国の軍隊が負けるとは考えられなかった。どうしてよいかまるで見当がつかない。胸をいためるばかりで、うろうろしているうちに、今日になった。

昼すぎ、女中が町へ出て、敵軍が町に侵入して来て、至る所で掠奪し、暴行し、殺人し、暴虐のかぎりをつくしていると聞いて来た。あわてて避難にかかったが、もう間に合わなかった。不意に数人の兵士らが入って来て、とりまとめていた着物や、装身具や、金銀珠玉の類を掠奪したあげく、女らに乱暴し、その上殺して立去った。

　麗華が無事だったのは、ほとんど奇蹟であった。一番奥まったこの部屋に居たため、兵士らの目にかからないうちにかくれることが出来たのだ。こわいことだった。こわいことだった。

「わては、なんにもしられしまへん。ほんまどっせ」

　変なところで、変な念を押す。蒲威はいらいらした。

「もうええ、もうええ。これまでのこと、もうなんにも言うたらあかん」

と、どなった。そして言った。

「さあ、行こう」

「どこへ行くのどす」

「村にかえるのよ。おれ、あんたのこと心配になったよって、わざわざたすけに来たのやで」

　外に出ると、もう日はおちていた。たそがれ時の水色のあかりが、天にも地にも、一めんにひろがっていた。

　兵隊共の乱暴はまだつづいて、騒ぎは一層はげしくなっていた。火を出したとみえて、方々に火の手が上っていた。朱金の色にぼかされているそこの空に、時々きらめく金砂子《きんすなご》のような火の粉が、爆発するようにふき上げられて、散って行った。

しばらく歩いて行く間に、蒲咸は、ふと思いついて、ふところから、拾ったかんざしを取り出した。

「これ、あんたにやろ」

「なんどすね。――あれ、かんざしどすね。これほんまの金どすか」

「ほんまの金よ。テンプラやあらへん、よう見て見いや。鸞鳳《らんぽう》を彫ってあるやろ。お前にやろう思うて、持って来たんや」

「ほう、すまんことどすね。あら、ほんとうに彫っておすね。ええ細工どすね」

麗華は、自分の髪にそのかんざしをさしたが、やがて言った。

「あんたはん、これ盗んで来やはったんどすやろ」

ニヤニヤ笑っていた。

「阿呆いえ。おれ、正直な漁師や。人のものに手を出すかい。拾うたんや」

蒲咸はもう情けなくてたまらなかった。

ほんの数カ月の間に、あんなに純朴だった麗華が、ひどくすれた女になってしまったように思われてならなかった。

「みんな軍人や戦争が、こないしたのや」

彼は周慎をのろい、戦争をのろった。

九

平和な時なら、わずかに二日しかかからない梅花村への路を、二人は一週間もかかってたどりついた。至るところに、晋の兵隊が駐屯していて、意地悪く、誰何《すいか》や、取調べにかかったからであった。晋のために道案内をつとめた者である、という身分証明書は、ほとんど役にたたなかった。

「悪ごすい奴は、こんな証明書なんざ、自分で作ってしまうからな」

と言って、はなをかんですててしまいそうな風さえ見せた。

取調べを切りぬける方法としては、ワイロ以外にはなかった。折角もらって来た金は、底にひびの入っている瓶の水のように、どんどん減って行った。美しい麗華が目をつけられたのは、勿論のことである。二人は、顔中からだ中、泥や鍋墨をベタベタぬりこくり、ボロボロの着物を着て、乞食のような姿になって、旅をつづけた。

このようにして、はるかかなたに梅花村の見える地点にたどりつくと、二人は一時に心がくだけた。一時につかれが出て来た。「ああ」と言ったきり、路傍の枯草の上にぺたぺたと腰をおろしてしまった。冬枯れた平野のかなた、茶褐色の冬草におおわれた長江の堤防の下に、可愛らしくかたまっている梅花村は、薄い煙がかかっていたが、その煙は薄雲をすかしてさす冬の弱い日の光をこもらせ、薄紫の美しい色をして、なにか暖かそうで、なにかなごやかそうで、なにか心の休まるものがあった。

「もう一いきや、気ばって行こうで」

二人は顔を洗い、これまでのボロ着物を普通の着物にかえて、村へ歩を進めた。

父に会い、母に会い、親戚に会い、村の人々に会う喜びが、加速度的に、胸にふくらんでくる。

「皆に話して、すぐ祝言の式を上げましょうね」

じっとしていられなくなった麗華は、もう幾度となくくりかえしたことを、また言った。

「そうしよう、そうしよう」

と、蒲咸もこたえる。

いつ殺されるかわからないような、危険の連続だった七日間に、麗華の心は蒲咸にかえって来た。

今の麗華は、全然昔通りのように、蒲咸には思える。周慎の妾《めかけ》になっていたことも、周慎に愛情を持つようになっていたことも、晋の兵隊らに汚されたことも――麗華は否定するけれど、蒲咸はこれを信じないのである――みんな忘れてしまったようだ。蒲咸の魂は、時々鋭い嫉妬につかまえられる。重苦しい、にがいにがい、いやな気持だ。

「女いうやつ、アホな驢馬《ろば》みたいなもんや。すぐ忘れてしまいよる」

間もなく、二人は村に入ったが、なんとなく村の様子がいつもと違っていた。

静かすぎるのである。通りに人影がない。朝から晩まで通りで遊び呆《ほう》けている子供らの姿すらない。声も聞こえない。

「なにかおかしおすね」

「ほんとや。こらおかしいで」

二人は、一番近い楊《ヤン》家の土塀のくずれから、中へ入ってみた。楊爺やんが、庭にムシロをしいてすわっているのが見えた。爺やんは、気のぬけたような、ボンヤリした顔

で、庭にさす薄い日ざしを見つめていたが、

「楊爺やん！」

と、蒲咸が声をかけると、そのビックリしようたらなかった。

「ワッ！」

と、途方もない声を上げて、飛び上った。こちらを見たが、横ッ飛びに家の中に飛びこんで姿を消した。

「爺やん、爺やん、楊爺やん、おれは蒲家の咸やがな……」

と、叫びかけたが、ヒッソリとしずまった屋内からは、誰も出て来なかった。まるでわけがわからない。蒲咸はぼうぜんと、麗華の顔を見た。麗華もあきれている。

その時、ふいにうしろから声をかけるものがあった。

「咸兄イ」

上壁のくずれから、ながいアゴの先きに黄色くなった長いヒゲを生やした顔がのぞいていた。黄易石老人だった。なにか変にかなしげな顔をしていた。

「おお、黄爺やん」

「お前、かえって来たのかい。おお、おお、麗華どんもかえって来たのかい」

「黄爺やん。一体、この村はどないしたんどす。なにか様子が違うて、自分の村のような気がしまへんがな」

「どうしたも、こうしたもないわい。戦争のためや。いつぞやお前に言うたように、戦さがはじまったんで、悪魔のやつが飛び出して来たのよ。えらいことやった。えらいことやった」

「なにがあったんどす」

「兵隊が来たのよ。三日この村に居る間に、なにもかも、むちゃくちゃにしてしもうた。たくさんの人が殺されたよ。たくさんの女子衆《おなごしゅう》が、ひどいめにおうたよ。めぼしい品物はあらいざらいもって行きおったよ」

　蒲crossed はさけんだ。

「そんなばかなことはあらへんはずや。王濬将軍は、わてに約束しよった。お前の村である梅花村には、一兵も入れんよって、安心して案内役をつとめい、言うたんどっせ。わての前で手紙を書いて、陸軍の杜預将軍に持たせてやったんどっせ！」

「ほう、ほう、そうかい。お前に約束したためやったろう。大きな建札が、村の入口に建ったことは建ったがのう。

『兵に告ぐ、この村に立入ることを禁ず、陸軍大将軍杜預』

と書いた札やったよ。なぜそんなもんが建ったのか、わからんながら、村の衆は皆よろこんでいた。ところが二、三日後、兵隊どもが来た。百人くらいもいたかの。熊みたいに毛むくじゃらな隊長がひきつれて来よった。そいつらは、建札の前に立って、とっくり読んだくせに、平気な顔してドンドン入って来よった。村長どんが出かけて行って、建札のことを言って、論判しなさった。隊長は、庭に焚火して、あたっていたそうなが、村長どんの言い分を聞くと、兵隊に言いつけて、建札を持って来させた。

『建札建札ちゅうのは、この札のことか』

『さようでござります。杜預将軍さまが建てなさったのどす』

『フーン。そいじゃ。こうしようわい』

というと、パンパンパンとたたきわって、タキ火にくべてしもうたそうな。そして、

『戦争じゃ。今日が日にも討死するかも知れん兵隊に、こげん建札なんど、なんの力があるもんか』

と、いばりくさって、

『あほうなことを言うて来て、世話をかけた罰じゃ。酒を持って来い。豚を持って来

い。鶏を持って来い』

と言って、兵隊を集め、飲めや歌えの、大乱痴気騒ぎをはじめた。そんな兵隊どもや。酒が入ったら、もう鬼よ。ワッ、ワーッ、ワッ、ワーッと、ときの声をあげて、村中に散らばり、勝手放題のことをはじめたんじゃ」

「それはほんまかいな、爺やん」

蒲咸の髪はさかだった。

「うそやと思うなら、お前のうちにかえって見い。どんなことがお前を待っているか」

蒲咸はハッとした。不安が胸をつかんだ。

「お前、うちに帰っとれ」

と、麗華にいいすてかけ出した。

駆けに駆け、疾風のように我が家にとびこんだ蒲咸を待ちかまえていたのは、何であったか？

最初に見たのは、入口の敷居の上にならべられている、四つの異様なものだった。一目には、それはまるい壺がならべられているように見えたが、よく見ると、それは人間の生首だった。さらによくみると、一番はじめのは老父、二番目は老母、三番目は弟、四番目は妹の首だった。

　蒲咸は庭におどり出した。天を仰いで号泣した。

「アイヤー、アイヤー、アイヤー、アイヤー……」

かなしい泣声は、薄雲のかかった冬の空に上り、しずかな梅花村にひびきわたって、人々の魂をえぐった。

　蒲咸は涙をながしてはいなかった。哀しみがあまりにも強いためであった。この号泣の間に蒲咸の胸には、氷がかたまって行くように、一つの決心がかたまって来た。

「この讐《かたき》をさがし、この恨みを報いてやる――」

　彼は、一人一人の首を、胴体についで、わずかにのこされたボロでくるんで、寝台にならべて、その上に安置した。香をたき、紙銭を焼き、ぬかずいて決心を告げた。

　ふと彼の肩をおさえる者があった。黄老人が猫のようにうしろに忍びよっていた。

「お前、その決心はようないぞよ」

　蒲咸はこたえなかった。にらむような目で老人のやせた顔を見ていた。

「戦争というものがどんなものか、お前にはまだ解らんのか」

　はじめて、蒲咸の目に涙がにじんで、忽ちポロポロとこぼれた。その涙をグイと拭いて絶叫した。

「おれ、くやしいのや。おれ、子として、兄として、せなならんことをしようと思うとるだけや！」

十

制《と》めたのは黄老人だけではなかった。麗華もまた、大いに不賛成をとなえた。

「あんた、こんな騒がしい世の中やもの、あんたが、そんなことに夢中になっているうちに、どないなるかわからへんで」

「そやかて、みすみす親兄弟の仇《あだ》をそのままにしておけへん。父の仇は、倶《とも》に天を戴かずと、孔子《こうし》はんも、言うてはる位のもんやさかいな」

「そんなアホなこと言うて、うちの幸せをじゃましやはる、コーシはんたらいうのは、どこの人どす。うち、ねじこんでやりたいくらいやわ」

「今の人やあらへんわい。大昔の聖人はんやわい」

「へえ！　大昔の人かいな。大昔の人の言うことなんぞ、ほっときなはれ、苦情の来る気づかいさらにあらへん」

といった工合であった。

しかし、蒲咸の決心は動かなかった。ついに梅花村を後に、魚突き槍を肩に、風呂敷づつみを背に、行くえ定めぬ旅の人となった。誰が手を下した直接の犯人であるか、蒲咸は知らない。突きとめようとも思わない。その部隊の隊長を、当のカタキと定めていた。杜預将軍麾下《きか》の将校で、猛献《もうけん》という名であるとやら。

蒲咸は、槍術を使って見せて客集めして、そのあとで薬を売って旅費をかせぎつつ、猛献の部隊の駐屯地、駐屯地を追った。なかなか追いつけなかった。どうにか追いつくと、隙がなかった。江南の各地、江北の各地、河南の各地、湖北の各地、湖南の各地、山東の各地と、その行程は、中国里万里におよび、時を費すこと二年にわたった。しかし、ついに山東の蘭山で本懐を遂げることが出来た。猛献が狩猟に出かけた途中を要して、討取ったのである。

故郷に向う彼の心は晴々とした喜びに満たされていた。今度こそ心にのこる雲もなく、麗華と結婚するのだと思うのだった。平和でたのしい将来の生活を、胸中に設計しつつ足どりも軽かった。

しかし、運命の神は、まだほほえみを見せなかった。かえりついてみると、麗華が行方不明になっていたのだ。

蒲咸が行ってしまって間もなく、晋軍のものと称する数人の男が来て、梅花村一帯の村々を軒別に詮索して、軍の命令であると言って、若いみめよい女という女を、残らず連れ去ったという。娘や恋人を奪われた人々は、血眼になってその行くえをさがした。そして、建業につれて行かれたことまではつきとめたが、それから先きはトンと解らないのだという。晋の宮廷に連れて行かれて後宮に入れられたという説もあり、チリヂリバラバラにわかれて、各地駐屯の軍隊のお伽用《とぎよう》に供せられているという説もあった。

「どうせ、こんなことになるにきまっとると思うたから、わしはあれほどとめたのや」

したり顔に黄老人の言うのも、蒲咸はくやしかった。

「おれ、きっとさがし出してみせるわ」

半分は意地だった。キッパリと宣言して、また村を出た。

一応、建業に出た。しかし、そこから先きは、途方にくれた。どこをどうさがしてよいか、まるで見当がつかない。雲をつかむようなと言うが、それどころか、表面がみがいたようなツルツルして、よじのぼるべき手がかりすらない、高い高い絶壁に直面して立った気持だった。

「旅の空でのたれ死にしたって、かめへん。見つかるまで歩いたる」

もう意地だった。異境で病んで心細い時、心のつかれた時、悲しい時、やるせなさの迫ってくる時、いつもこうひとりごとして、心をふるいおこした。

数年経った。廻りめぐって、再び建業へ来た日のことだった。東郊《とうこう》に近い市場の横丁をぶらぶら歩き廻った彼が、近くの飯店《はんてん》に中食に行こうとして、きびすを返した時、うしろから声をかける者があった。

「そこにいるのは、梅花村の咸兄イやないかん」

村を出てから、はじめてこんな呼ばれ方をした蒲咸は、驚いてふりかえった。初秋の明るい日ざしの下に立っているのは、たえて久しい黄老人だった。色あせた青色の長袍も、黄色くよごれたあごひげも、全然昔のままだった。まるで四年の歳月がなかったかのようだった。

「これア、黄爺やんやないか。めずらしいところで、めずらしい人に会うたな」

さそって、一緒に飯店に向った。酒をくみかわし、酢豚かなにかつつき合いながら、故郷の話をした。老人はもう一年も前に梅花村を去って、この町にうつって来たのだという。

「戦争からこちら、梅花村も日ましにつまらんところになりおってのう。人情は悪うなるし、暮らしは苦しゅうなるし、おまけに晋の兵隊共がちょくちょく来ては悪さばかりしおる。どうにもいやでいやでならんようになったので、思い切ってこちらに移って来たのや。ここも大した変りばえはせんが、同じ不人情なら、都会の不人情の方がまだいいのでな」

「……」

蒲咸は、無言で、ためいきをついた。寂寥の思いばかりが胸にやるせなかった。こんどは老人がきいた。

「お前、旅から旅を歩いとる風だったが、まだあの娘をさがしあてんらしいの」

「そうや。あれからわしは、ずっとさがしつづけてんのや。わしの行ったところは、二十指にあまり、里数にして一万里を遠くこえとる」

「それでなんの手がかりもないのか」

「ないのや」

老人はながいためいきをして、黄色いひげをなでるだけであった。気の毒すぎて、慰めの言葉も出ないらしかった。

話し合って見ると、老人の今の住居は、蒲咸の宿屋とは、そう遠くなかった。二人はたえず往来し合って、さびしい旅の心をあたため合った。老人に会ってから一月ほどの後、どうやら建業にもいないらしいと、見きわめがついた。蒲咸は湖北の方にでも行ってみようかと思いたった。

「少し待って見なよ。お前の天庭《てんてい》（ヒタイ）のあたりに、明るい色がみえる。ひょっとするといい手がかりが得られるかも知れんと思われるから」

と、老人はとめた。

半信半疑ながら、出発をのばしている間のある日、石頭城の近くの城隍廟《じょうこうびょう》で、祭礼があるというので、商売に出かけた。その辺一帯の信仰を集めている城隍神《じょうこうじん》だったし、秋晴れのよい日だったりするので、大へんなにぎわいで、いい商売になって、夕方近く帰途についた。

道路一ぱいになって、流れるようにたえ間なくつづく参詣人の間にもまれながら帰って来つつあると、うしろの方から来る轎《かご》があった。飾りつけや塗りの工合が、女轎《おんなかご》であった。高級な官吏か、相当な豪家の、奥方か令嬢が、城隍廟にお参りしての帰途だと思われた。屈竟《くっきょう》な下男共にかつがれ、護衛の若者が数人わきについていた。あたりをはらうばかりの威勢で来る。人々は、路傍に避けて、行きすぎるのを待った。

蒲咸も、その中にまじっていた。輀は人々のひらいてくれる真中を蕭々として近づいて来た。そして、蒲咸の前をとおりすぎようとしたが、その時、とつぜん輀の戸が開いた。白い女の顔と、白い手が暗い輀の中でチラリとゆらめいたようだった。蒲咸の足もとにとんで来て、チンと冴えた音をたてたものがあった。

拾い上げてみると、金の簪《かんざし》だった。頭に繊細なタガネで、鸞鳳《らんぽう》の彫刻がしてあった。強い力で、はげしく胸をつかれた気持であった。輀の方を見た。もう戸をしめて、行きすぎつつあった。はげしくさわぎ出した胸をおさえて、茫然として見ていたが、我にかえって追いかけた。

「のけ、のけ、のけ！」

道路一ぱいにあふれている人々を、おしわけながら急いで、やっと輀の近くまでせまったが、あまりにも美しく、あまりにも高貴な輀の様子に、気がひるんだ。蒲咸は幾度か声をかけようとしたが、かけることができなかった。ヤキモキしながらついて行くのがやっとのことであった。

轎は林邑街の、とある屋敷に入った。この街は、呉の時代、武官の大官連の屋敷のならんでいたところで、今ではそれがそのまま、晋の王朝からこの都につかわされている大官連の住いになっていた。

轎の入った屋敷は、それらの中で最も宏大で、門の前には、堅固な甲冑《かっちゅう》をつけて、大きな昆虫のように見える衛兵が、長い鉾をたずさえて、二人も立っていた。

立去るに立去れず、蒲咸が門前を行き来していると、いきなり、衛兵がどなりつけた。

「おいこら！　そこの奴。何の用があっていつまでもウロウロしとるんじゃ！　目ざわりだ！　さっさと立去れイ！」

蒲咸は、勇気をふるいおこした。兵隊らに銀貨を一枚ずつやって、それから聞いた。

「今し方、この屋敷にお入りになった御婦人は、どなたはんどすやろ」

「よせ、よせ、高嶺《たかね》の花じゃ。およばぬことじゃ」

と、衛兵らは笑った。

「とんでもない。そんなことは思うとりません。あまりお美しい方どすよって、国へのみやげ話にしよう思いましてな。へえ、ほんまのことどす」

「進駐軍司令官王禦寇《おうぎょこう》閣下の第二夫人宋麗華様じゃ」

「へえ！」

蒲咸の気力は、忽ち沮喪《そそう》した。すごすごとひきさがった。王禦寇は、晋の将軍の中で、勇猛をもって聞こえた将軍だ。六十斤の青竜刀をとり、何とやら名づける漆黒の名馬にまたがって、戦場を馳駆《ちく》すれば、向うところなびかざるなし、といわれている。

ぼんやりと、宿屋に帰った。食事をする気力もない。むさくるしい宿屋の、きたない寝台にねころんで、工夫をつづけ、考えつかれて、とろとろとねむりにおちた。重苦しい夢を見て、早く目がさめればよいと思っていると、

「咸兄イ、咸兄イ！」

と、耳もとで呼ぶ者があった。目をさますと、黄老人が来ていた。心配そうな顔で、のぞきこんでいる。

「おお、爺やんか……」

「えらい苦しそうにうなっとったが、どうしたのかいな？」

「うなっていたかえ」

「苦しそうに、うなっとったよ」

起きて、老人をさそって、一ぱいやりに、近くの飯店に出かけた。

酒をのみながら、今日の出来事を話した。一語も口をさしはさまずに聞いていた老人は、やがて言った。

「咸兄イ、お前、昔のように槍が上手に使えるかね」

「使えるよ。しかし槍なんぞ使えたってどうすることもできへん。王将軍の家にいる勇士猛卒は、十人や二十人ではきかへん。四、五人いうのやったらあしらえんこともないが、ああ仰山いては、手も足も出えへん」

「そう投げたものでもなかろ。なんとかわしも工夫してみるから、あまり気イ落さんでいるがよい。お前の天庭の色は、この頃一層明るうなっとる。わしは、それにのぞみをつないどる」

明るい色が天庭にあらわれているという老人の言葉は、これで二度だ。

その夜、蒲咸は宿屋でともし灯をかきたて、自分のひたいを、子細に鏡でしらべたが、ニキビを二つ見つけただけで、一向いつもとかわるところはないようだった。しかし、おぼれるものはわらでもつかむ。蒲咸は老人の工夫を期待した。

けれども、老人は二日間、顔をみせなかった。三日目には、たまらなくなって、老人のうちへ行ってみた。不在《るす》だった。

「黄爺さんは、不在どす。——いつでしたかな。そうそうおとといの朝だった。出て行ったきり、かえって来ないのですよ」

と、近所の者が言うのであった。

すごすごと帰って、翌朝また行ってみた。まだかえっていなかった。その翌朝も行ってみた。同じだった。こうして蒲咸は、十日ほど、毎日、老人の家に行った。いつも結果は同じだった。「逃げくさった」と、結論した。自信ありげな口をきいたのがうまくゆかないので、体裁がわるくて、どこぞへ逃げ出したに相違ないと、思うのであった。

老人が頼れないと見きわめがついてから、蒲咸は、時々、林邑街に行った。王家のまわりを歩いては、忍び入るべき手だてを工夫した。けれども、邸の宏大な構えや、厳重な固めを見ると、気力はなくなり、重苦しい思いにしずんでかえって来た。ある日の朝、それは老人が、姿を消してから、二十日ほども経っていた。老人がヒョッコリと、蒲咸の宿屋にあらわれた。

「おや、爺さま、めずらしいな。達者でいなさったのかえ」

皮肉まじりの、蒲咸の調子にかまわず、老人は言う。

「あの話、今日やることにした。一緒に出ておくれ」

ギクリとした。

「あの話？　あの話って……工夫がついたかえ」

「宿の勘定をはらって、ひきはらうことにして出ておくれ」

蒲咸は、青くなった。なにか言おうとしたが、ゴクリと空唾《からつば》をのみこんだだけで、宿の主人を呼んで、勘定を命じた。

十一

しばらくの後二人は、建業の東郊に出て、広い田野の中を、長江の堤防に向って、一文字にのびている道を、てくてくと歩いていた。黄熟した稲の上に、秋の日のしずかに照る道であった。

「爺やん、一体どこへ連れて行くのや」

「黙ってついて来い」

やがて二人は堤防に達した。老人は堤防の上を、二、三町下ったところまで行くと、

人の背たけほどもある葦が、一面に茂っている河原に向って、

「オーイ」

と呼んだ。

すると、白い穂を出しそろえ波打っている葦原《あしはら》の一部分が、ムクムクと動き、そのムクムクが、サワサワと鳴りながら、葦の下を堤防の方に近づいて来た。そして、葦のつきるところにヒョッコリとあらわれたのは、たくましい栗毛の馬の口綱をとった、屈《くっ》竟《きょう》な若者だった。ななめに堤防についた道をのぼって来た。

若者は、老人の前まで来ると、だまって、しかし、うやうやしく一礼し、馬をおいて、また葦の間に入って姿を消した。

「それをおろしな」

老人は、蒲威に、馬の背中にくくりつけてある大きな布包みを指さした。おろすと、

「開けな」

と言う。開けると、鎧が出て来た。蒲威は驚いた。ボンヤリしていると、

「これを着な」

「エッ！」

「着るんだよ」

「着、着、着て、どうするのや」

「なんでもいいから、着な」

「俺、麗華をとり返して貰う約束やで、忘れてへんやろな」

「だから、これを着よというのだ」

鎧などというものは、初めて手にする。どんなにして着るものか、てんで解らない。ひねくり廻していると、老人が手伝って着せてくれた。

(どうすんのやな、これから。まるで茶番芝居やがな)

と、おのれの甲冑《かっちゅう》姿をかえりみていると、老人は言う。

「おお、おお、りっぱな勇士が出来た。では、馬に乗ってもらおう」

「エッ？　馬？」

長い旅の間に、驢馬にはよく乗ったが、馬に乗ったことはない。

「ああ、馬だよ」

「おれ、驢馬には乗ったことはあるが、馬には乗ったことないのや」

「驢馬だって、馬だって、ちっとも変りはせん。驢馬だと思って乗ればよいのじゃ」

「爺やん。お前、かんちがいしとらへんやろな。おれ、麗華をとり返してもらう約束やで」

「だから馬に乗らんければならんのだ」

こわごわ馬に近づいた。たくましい馬だ。蒲咸を尻目にかけて、悠々と草を食《は》んでいる。せめてこれが、驢馬ぐらい小さな馬だったらと思った。

やっと、乗った。おそろしく高いところに上ったような気がした。目がくらみそうだった。

「おお、おお、馬上ゆたかに小脇に槍をかいこんだところ、勇士酣戦《かんせん》より来《きた》るの姿だ。立派だ。立派だ。颯爽たるものだ」

老人は、大袈裟にほめ立てた。自ら口綱をとって、堤防をおりて道路までつれて行った。改まった調子で言う。

「王将軍は、今朝方、江を渡って上流の烏江《うこう》に行った。帰りは、どう早くても、明日の夕方か、明後日になる。お前は、これから将軍の邸に乗り込んで、麗華をとり返して来るのだ」

蒲咸は仰天した。あッ！　と叫んだ。ポテッと音をたてて落馬した。

「約束がちがう！　そんなこと出来へん！　馬鹿にすんな！」

と喚《わめ》いた。もがきながら立上った。血相をかえてつめよった。

「落ちついて聞け」

老人は、蒲威の耳に口をよせて、ボシャボシャとささやいた。蒲威は目をまるくした。

「そんなこと、出来るやろか！」

四、五十分の後、蒲威は、目ざす邸の近くに達した。いつもの通り、二匹のかぶと虫のように、いかめしい姿で衛兵が立っていた。蒲威は心のすくむのを覚えた。かえってしまおうかという気がきざしたが、その時、馬は衛兵らの前にさしかかっていた。
「止まれ！　みだりに疾駆して、ここをいずこと心得おるか！」

衛兵らは、左右からホコをつき出して、遮《さえぎ》りとめた。もう引っ返しは間に合わない。

気力をかきおこした。大喝した。

「当家の将軍閣下の急使だ！　退《の》かっしゃれ！」

右手にとった槍で、ホコをはねのけた。馬をあおって、門をかけこんだ。車寄に達すると、大音声によばわった。

「将軍閣下の急使到着！　取次ぎたのむ！　取次ぎたのむ！」

と、切迫した感じの声を出した。

「将軍閣下が、河向うの浦口で、急病になられ、第二夫人を召しておられます。仰せをうけて、お迎いに上りました。至急おいで願います」

人々は驚きひしめいた。家令はヒゲをひねるのをやめた。

「御病気？　一体どこで？　どんなにして？」

「船をお上りになると同時に、昏倒《こんとう》されたのです。すぐ正気づかれましたが、はげしい頭痛をうったえておられます。脈搏が急で、気力が大変おとろえておられます。第二夫人の介抱を受けたがっておられます。至急に願いたい。一刻を争います」

たえず歩きまわり、槍の石突きでドシンドシンと床をつつきながら語った。そうしないと、気力がなくなりそうだった。ごまかしが見抜かれそうだった。しかし、これは切迫感をあらわすに、まことに効果的だった。人々は忽ちあわてふためいた気持になった。

「し、し、しばらく、お待ちを！」

と言うと、家令はおどろかされたドジョウが泥の中にもぐりこむように、いそがしく腰をふりながら、奥にかけこんだ。蒲戚は、足をふみならしながらつづいた。人々はさえぎりとめたが、かまわず進んだ。

「礼を失していることは、万々承知しています。しかし、今日は特別な場合です！」

表御殿のこの騒ぎは、遠い奥御殿には聞こえなかった。麗華は侍女と向い合った椅子にすわって、余念なく刺繍をしていた。名ある画家にかいてもらったお手本を傍において、咲きほこる緋牡丹の花に、朝露を散らしながら嬉戯している群雀の姿を、一針一針に精魂をこめて縫《ぬ》い出していた。

この四年の間に、彼女はおそろしく美しくなった。新鮮ではあっても、粗野な田舎娘の美しさにすぎなかった美は、大家の深閨《しんけい》の生活にみがかれ、盛りの年頃に培《つちか》われ、豊艶で、優婉《ゆうえん》で、見る人をうっとりとさせるものとなっていた。かすかに上気した顔をして、仕事の上にかがみこみつづけていた彼女は、ふと荒々しい足音の近づいて来るのに気づいた。顔を上げた。眉をひそめて、入口のドアを見ていた。家令が入って来た。

「奥さま」

と言いながら、近づいて来る。麗華は露骨に不機嫌な顔をした。たしなめようと口をひらきかけた。すると、つづいて一層荒々しい足音とともに、槍をたずさえた鎧武者が入って来た。

蒲咸は麗華を見た時、涙がこぼれそうだった。叫び出したかった。飛んで行って抱きしめたかった。彼は冑《かぶと》をぬいで女の前に片膝をつき、自分の顔を見せた。はげしい驚きの色が、麗華の顔を走った。叫び出しそうにした。叫び出されては破滅だ。相手の目を見つめて言った。

「将軍閣下が、浦口で急病になられて、奥様をお呼びになっています。急いでお出で下さいますよう、お迎いに上りました」

麗華は目をとじた。花びらのようなまぶたがふるえ、涙が一滴出て来て、まつげの先きにふるえながらかかった。魂の激動にたえず、手をひたいにあてた。

「ああ……」

と、ためいきをついて、椅子にくずれかかった。

このはげしい感動の様子は、蒲咸をおびえさせた。てっきり疑われると思った。けれども、家令は、将軍の病気を心配するのあまりのことと思ってか、しっかりするようにと、麗華をはげました。麗華が身支度をしている間に、轎《かご》の用意が出来て、車寄にかきすえられた。

「これはいかん。一刻を争う場合です。こんなもので、便々《べんべん》と行っているうちには、どうなるかわからん。失礼ながら拙者の馬でお供する」

と、蒲蔵は主張した。異議を唱えそうな顔をしている者が、武士共の間にあるのを、蒲蔵は見た。しかし、かまわなかった。自分の馬にのせ、後から飛びのって、どんどん駆け出した。

十二

不安はあったが、蒲蔵の胸は喜びにおどっていた。彼は幾度か、自分の前にすわっている麗華を見ずにおられなかった。

白くなめらかに、しなやかな首筋、匂わしい黒髪、つつましく伏せた頰の線、可愛い貝殻のような耳たぶ――

「ああ、とうとう、とり返した！」

いく度か左の手に抱き、胸にもたれかけさせている麗華を抱きしめてみずにおられなかった。

このあたたかく、やわらかく、しなやかな触感——

「ああ、とうとうとり返した！」

胸の鼓動も、馬蹄のひびきも、鞍上《あんじょう》の律動も、よろこびのリズムを奏していた。

——とうとうとり返した。とうとうとり返した。それ！　とうとうとり返した……と。

町を出はずれて、堤防につづく一筋道にかかると、不安は消え、喜びだけになった。

「麗華、おれはお前をさがして四年、天下中を歩きまわったんやぜ」

「まあ、そんなに！」

「だから、うれしいのや」

「うちもよ」

「麗華、おれはお前をさがして、二十にあまる土地に行き、一万数千里を歩きまわったんやぜ」

「まあ、そんなに！」

「だから、うれしいのや」

「うちもよ」

「もう大丈夫や、もう離れへん！」

「ほんとよ。もう離れへん」

疾駆する馬上に、二人は喃々《なんなん》と語らい合ったが、この安心はまだ早かった。

ふと、蒲蔵は、後ろの方に馬蹄のひびきに似た音を聞きつけた。ふりかえった。一町ほど後ろから疾駆して来る騎馬武者があった。三騎、十間ぐらいずつの間隔をおいて、砂塵をまいて、全速力だ。

「しまった！」

唇をかんだ時には、ビューンという音を立てて、耳許をかすめて飛びすぎたものがあった。矢だ。

女連れで、飛道具《とびどうぐ》相手の戦いでは不利だ。逃げるだけ逃げよう、と思った。めった打ちに、鞭《むち》をくれた。馬はふるい立った。狂ったように速くなった。

しかし、往路を疾駆し、帰路には二人ものせて疾駆して来た疲れは、次第に速度をおとして来る。

「せめて、堤防まで！」

その間も、矢は追いかけ追いかけて飛んで来る。不気味なその音がする度に、異様な感覚が下腹のあたりをこき上げ、魂がすりへって行くかと思われるばかりだ。

やっと堤防に達した。

「爺やん！　爺やん！」

「おお」

ひびきの物に応ずるような、老人の答えがあった。堤防の上から、色あせた青衣と黄色くよごれたアゴヒゲをなびかせながら、駆けておりて来た。

「麗華をたのむで！」

「よッしゃ！」

パッと老人に手綱を投げておいて、蒲威は馬を飛びおりた。

「さあ、来い！」

六尺の魚つき槍をしごいた時、もう十間ほどの距離に迫っている武者は、また矢を放った。

「ヨイサ！」

槍が一はねすると、矢は三叉《みつまた》の穂先にからまれてはね上げられた。

武者は、馬足にかけて踏みにじるつもりなのだろう。弓を捨て、一鞭あてるや、抜きはなった長剣をふりかざし、波頭《なみがしら》のおそいかかるように乗りかけて来た。横に飛んで、馬足を避けた。追って長剣が来た。

ヒューッ！　と風を切る音。

その剣をめがけて、槍をつき出した。ガシッ、手ごたえがあって、横にねじった。剣はポッキと折れて、稲田の中に飛び散った。

武士はうろたえた。手綱をしぼって、逃げようとした。その横腹を、蒲咸は無造作に刺した。

間もあらせず、次の武者が迫った。これは二間柄の長槍だ。相手より柄《え》の長いのを利用しようと思ったかして、縦横にふりまわし、叩きつけ叩きつけ、馬をのりかけて来る。蒲咸はジリジリと退りながら、いきなり右手に腰の刀を抜いて、馬になげつけた。

馬は驚いた。竿立《さおだ》ちになった。武士は槍をふりかぶったまま、ドウと落馬した。

「ヨイショ！」

飛びかかった。砂地にはね上げられてばたばたもがいている鮒《ふな》でも刺すように、むきだしになっているのどを、プツリと刺した。

またたく間に、朋輩二人をしとめられ第三番目は、臆病風に吹かれたらしい。つい

七、八間のところまで来たくせに、馬を乗りかえして逃げにかかった。
蒲咸は逃がすつもりだったが、黄老人が堤防の上から呼ばわった。

「そいつもやっつけろい！　あとがうるさいでエ！」

「よッしゃ！」

槍を引きそばめ、矢声とともに、投げうった。槍は見事な弧線を描き、うなりをたてて飛んで行った。追いすがるようにして、馬上の武者の背中の真中にあたった。武者は落馬したが、片手につかんだ手綱をはなさなかったので、砂煙を立てて、十間ばかりも引きずられて、やっと馬から離れた。

蒲咸は走って行って、死骸の背中に深くささっている槍を抜き取った後、老人と麗華の待っている堤防にもどって来た。

「背に腹はかえられんとは言いながら、殺生してしもうたわ。南無阿弥陀仏《なむあみだぶつ》、南無阿弥陀仏……」

老人は堤の上から、死骸に向って合掌した後、

「お出で」

と言って、二人をつれて堤防を下り、河原の葦原に分け入った。

葦原が尽きて水になるところに、一葉の扁舟《へんしゅう》が、漕ぎ出すばかりにして、用意してあった。

「流れにしたがって、下ること二百五十里、江水の両岸が、一きわひらけるあたりの左岸に、江靖《こうせい》という小さな町がある。そこから少し行くと、仙霞《せんか》という村がある。そこに上って黄太郎という者を訪ねるがよい。わしの長男だ。お前らの身柄を、引き受けてくれる手はずになっている。――最後にちょっとお説教をさせてくれ。お前は、この数年間の波瀾にみちた経験によって、戦争は勿論、人間の営みという営みの全部が、決して最初予想したくらいでは済ますことが出来んで、次から次へと、思わざることが生じて来て、途方もないことにひろがって行くものであることが、よくわかったはずだが、経験のあたえてくれたこの教訓を、忘れてはならんぞよ。ナマナカな憤りや、ナマナカな知恵ほど、世を毒し、自らを不幸にするものはない。わしの言うことはこれっきり――お前らの多幸を祈る」

老人は舟のともに手をかけて、トンと押した。舟はしずかな水面を、ななめに進み、流れに会って、ゆるやかに向きをかえた。

蒲威は櫓《ろ》をとった。老人の方をふりかえった。しかし、もう老人の姿は見えなかった。

葦原の中に一筋、ざわざわとゆれながら、堤防の方に進んで行くのが、それらしかった。

「見ろ」

と、いう思いをこめて、蒲咸は、胴の間に坐っている麗華に、その方を指さして見せておいて、櫓をこぎ出した。はじめゆっくり、そして次第に力をこめて。

風が出て、葦がさらさらと鳴り、空に夕ばえの美しい頃であった。

天公将軍張角

一

「張角の太郎は、どうしたのかの？　昨日も川のそばで、ぼんやり流れを見ながら、柳の葉をむしっとったがな」

「また落第したちゅう話じゃ」

「ほう――またかいの。もう何度目の落第かの」

「待ってくれ。ちょいと勘定してみる。最初にあれが、都に試験受けに行くのを見送りに行ってのかえり、宋家の出産祝いに立寄ったことを覚えとる。その時の宋家の赤ん坊が、もう五つになっとるから、五度という勘定になるぞいの」

「ホウ、ホウ――五度もかいな。辛抱強いにも驚くが、五度ちゅうは、少し過ぎるのう」

「村一番の頭のいい子じゃちゅうのに、どうしたわけかいな」

「どうしたわけちゅうて、むずかしいわけは、ありゃせんがな。ほかのところから、もっと頭のいい子が、たくさん集るだけのことじゃいな」

「ほんだら、この村の者は、皆頭が悪いちゅうことになるのう」

「そんな勘定になるのう」

「天下は広大じゃのう」

こんな噂が、今の河北省大名道平郷《だいめいどうへいきょう》県、この小説の時代では鉅鹿《きょろく》の町の、郊外の村で立った。

時代を言えば、昔も昔、大昔、今から千八百年ばかり前、中国では、後漢《ごかん》の末のことである。

この村に張という家がある。

土地三、四十町歩の中地主だが、漢の高祖を輔《たす》けて、天下取りした張子房《しぼう》の子孫だということで、この村に来てからもう三百年、十数代もつづいて、近郷近在では、名家としてなかなか尊敬されている。

当主は、張子文《ちょうしもん》。男の子が、三人あった。太郎は角《かく》。次郎は宝。三郎は梁《りょう》。三人ともに、村の儒者陳竹琳《ちんちくりん》先生について学問したが、甚だ出来がよかった。なかにも太郎の角が出来がよく陳竹琳先生が、

「もうわしも及ばんようになった。これくらい出来れば、秀才の試験を受けても、優等

で及第すること、請合いである」

と、太鼓判を押した。もっとも、この太鼓判はあまりあてにはならない。若い時の陳竹琳先生は近郷近在の若者中にならぶ者なく学問があり、文才があった。そこで、人もすすめるし、自らも野心をおこして、秀才の試験を受けたのであるが、三度つづけて落第した。先生としては、四度目も受験したかったのであるが、愛想をつかした細君が、匪賊《ひぞく》討伐に来た兵隊とくっついて逃げ出したし、資力もつづかなかったので、志を中央に絶って村に落ちつき、村の鼻たれ小僧どもに、読み書きを教える境涯に入った。

爾来《じらい》四十年、黒いひげはゴマ塩になり、あまりしごいたので、まばらになって、今日に至っている人である。

こういう人の太鼓判が、あてにならないことは言うまでもないが、先生には、一種の劣等《インフェリオリティ・コンプレックス》感があって、自分より出来る者はみな秀才の試験に及第しそうな気がするのである。

ほめられるということは、うれしいものである。張子文爺さんは、すっかり喜んだ。

豚を殺し、鶏をひねり、大事にたしなんでいた五十年貯蔵の白酒《パアチュウ》かなんかを出して、陳竹琳先生に饗応し、へべれけに酔っぱらった老先生が、窓から首をつき出して、へどを吐くまでやめなかった。自信のついたこと、勿論である。

更に自信を強めることがおこった。

その頃の秋の一日、村に一人の旅人がやって来た。年輩四十前後、やせた長身を、ところどころほころびの切れた、粗末な青衣でつつんだその旅人は、村の家々を一軒一軒たたいて、人相、家相、家の運命、人々の吉凶禍福を占わしてくれ、と、頼んで歩き、どの家からも断られた。

彼は終日一食もせず、ヘトヘトにつかれて、張家の門前の葉のまばらになった柳の木かげに、ぼんやりと腰をおろしていた。

つるべおとしの秋の日が西に傾いて、蕭々《しょうしょう》と鳴る夕風のそよぎ出す頃であった。

張家の太郎は、下男から、門前にそんな男がいると聞いて、出てみた。すると、その老人は太郎の前にツカツカと進み出て、太郎の顔をみつめ、

「ああ！」

と、感嘆の声をあげた。

妙な老人が妙なことをするので、太郎はおどろいていると、老人は二、三歩退き、小

首をかしげ、太郎の顔を見て、また、

「ああ――」

と、言った。

つぎには左の方に二、三歩寄り、きたない袖で自分の目をふいて、太郎の顔に視線を定め、三たび、

「ああ、奇妙！」

と、嘆声をあげた。

かなりくたびれてはいても、もっともらしい身なりと顔をしている老人に、こんな態度をとられては、誰だって疑いをおこさずにはいられない。中国というところは、敬老の美風がある。うやうやしく聞いた。

「御老人、なにをそんなに感じておられるのですか？」

すると老人は、威厳ある声で言う。

「わしは、生まれてはじめての不思議を見ました。相術《そうじゅつ》によれば、あなたの相は、その尊貴なことたぐいなく、千万人の上に立ち、いわば国王、いわば宰相、いわば王師となるべき相をしてござる。そういう相のあることを、師伝によってわしは承知はしてい

たが、現実に、生身《いきみ》の人間に見るのは、はじめてのことじゃ。それで、覚えず嘆声を発しましたじゃ」

老人のこの言葉を聞いたのは、太郎だけではなかった。張子文爺さんも、丁度門から出て来たところで、そばに居て聞いた。

この飢えた売卜《ばいぼく》先生が、さんざん御馳走になり、十日分ぐらいの食いだめをして、少なからぬ金までもらってお暇《いとま》したことは、言うまでもない。

さて、このような次第で、張角は、青雲のはしご段を登るべく、都に向った。官吏採用の試験を受けた。が、見事にしくじった。五回つづけざまにしくじった。一回目や二回目は、さして気にもしなかったが、五回目となると、本人の落胆はもとよりのこと、家族としても、世間体が悪くてならない。

張角は、試験のすんだ後、しばらく故郷にかえらず、都にぶらぶらして遊んでいたが、病気になったので、仕方なしに故郷にかえって来た。

故郷にかえって、怏々《おうおう》として心は楽しまない。家にこもり勝ちにしていたが、医者のすすめもあって、近頃では青い顔をして村を散歩する。口うるさい村人らの評判になっている次第である。

二

その日、張角は朝から頭が重かった。二十歳という年頃に、春先頭痛がするというのはだいたい原因がわかっている。今日でも神経衰弱になり憂鬱症になり、時として発狂する者があるが、こんなのは結婚すると、たいていなおることになっている。

張角の頭痛も、本人は意識していなかったが、原因はそこにあった。彼は重い頭を指先でグリグリもみながら、村の道を歩いていると、横手の道からことことと、地をふむ足音が近づいて来た。

ふりかえってみると、一人の娘が歩いて来る。若い柳のようにほっそりした姿の娘である。この村には見なれない顔であった。

張角は、棒立ちになったまま、見ていた。

娘は、微風にそよぐ白蓮のような嫋々《じょうじょう》とした足どりで近づいて来て、それから、大路を真直ぐに遠ざかって行った。張角の前を通りすぎる時、切れ長ですずしい目が、ゆらりとこちらの方に動き、同時にそのすきとおる白い細っそりした頬を、微笑に似たものがかすめた。

　ぼうぜんとして見送っていた張角は、われ知らず、ふらふらと歩き出した。

張角の視線は、娘の後姿に釘づけになっている。彼の魂は彼の体を飛び出し、娘の周囲にさまよっていた。娘の頭の上に、とんぼ返りを打ち、お尻にへばりつき、横合から頬ッペたにキスし、しなだれかかり、だから、頭痛はぬぐうようになおっていた。魂がないから、頭痛のありようはずはないのである。

　やがて娘は村をはずれて、一望のみどりの田畑のなかに一筋《ひとすじ》つづく野道に出たが、路傍に咲いているすみれを一本手折《たお》った。

　小腰をかがめる時、娘は張角の方を見た。にっこり笑った。白い歯が、チカリと光った。張角はいきのとまるほど感動し、ぶるぶるとふるえた。

　長い道を行きつくすと、山路になる。この山は、時々虎が出てくるという山である。蝶のたわむれるように、娘の周囲を飛びめぐっている張角の魂は、ひらひらと、主人《あるじ》のところに舞いもどった。

「もし、もし。もし、もし。美しい娘さん」

　と、張角は呼びとめた。娘はふりかえった。返事はしない。

「そっちに行くと、虎に食われてしまいますよ」

娘が、黙っているので、補足する。

「この山には、たちの悪い人喰い虎がいるのです。わたしの村にも、食われて頭と骨だけしか残らなかった者が、十人もあります。危いですよ」

娘は、にっこり笑った。うっとりするほど美しい笑いに、張角が見とれているうちに、黙って頭を下げ、向うを向いて、またとっとと歩き出した。

腰のあたりには、幾重もひだをたたみ、小さなかかとのかくれるくらい長く垂れているスカートが、ゆらゆらとゆれる歩きぶりは、翠華揺々《すいかようよう》、歩々金蓮《ほほきんれん》、と詩人がうたった、あの美しさである。張角の魂はまたひらひらと主人を飛び立った。つまり、歩き出した。人喰い虎のおそれはもうない、魂が留守であるから。

いつか、山は深くなり、日がかげって来た。高い崖の木々の梢には、夕風がそよぎ、深いはるかな下の谷間には、渓流のむせびがあった。

張角が正気にかえったのは、その夕風の音と谷川のむせび声のすごさのためであった。

彼は凄然《せいぜん》として目ざめ、目ざめるとともに猛烈な情欲を感じた。陶然としてわれを忘れていた酔い心地は、生き生きとした欲望となった。

静寂な山路には、人影はない。女は眼前二、三間のところを、歩いている。条件は好適である。

「娘さん、娘さん」

女はふりかえった。

あのたおやかな微笑を浮かべ、目にはふれなば落ちん色気があった。少なくとも、張角にはそう感ぜられた。

「ちょっと、話があります」

と言いながら、近づいて行った。ありがたいことに、女は立ちどまっていてくれる。微笑も前のままである。目つきにも変りはない。

「話というのはね。話というのはね」

と、言いながら、ムズと相手の手をつかんだ。やわらかくて、しなやかで、細くて、つめたかった。張角はわれを忘れた。

「わたしの心は、おわかりでしょう」

女は、返事をしない。にこにこ笑っている。

「つまりね。わたしは、あなたを愛しているのですよ。わたしは、張家の長男、角です。あなたはどこのお嬢さんですか」

それでも、女は返事をしない。にこにこ笑っている。

「なぜ、ものをおっしゃらないのです」

と言った時、この娘は唖者ではないかと思った。

その張角の心中が、どうしてわかったのか、女ははじめて口をひらいた。

「あたしは、唖者ではありません」

「それでは、お名前を聞かせて下さい」

「………」

「わたしを愛してくれないのですか」

「………」

張角は、面倒くさくなった。

こういう時には、手っとり早く要領を得てしまうべきものであるという、この道の先達たちの言葉を思い出した。

「わかっているでしょう」

と、言いながら抱きよせ、さらにひっかついだ。女はおとなしくかつがれている。少し行ったところの崖ぎわに、小松が数本あって、それにかこまれるようにして、みどりの芝生があった。のそのそとそこまで行き、女をおろした。

彼は、しなやかな女の体を力いっぱい抱きしめ、足をからんで押し倒そうとした。

突然だった。不意に、あたりが薄暗くなったかと思うと、一陣の突風が吹きつけて来た。周囲の木々は騒ぎ、白い葉裏がひるがえった。同時に、山谷をゆるがす猛々《たけだけ》しい咆《ほう》哮《こう》がおこった。ふりかえってみると、岩の上に虎がいた。

全身の黄金の地に、ウルシのように黒い斑紋《はんもん》が波立ち、長い尻尾《しっぽ》が、真直ぐに空を指してつッ立ち、その尖端が電気の伝わるように、ぴりぴりとふるえていた。太い前足をかがめ、琥珀色《こはくいろ》の目は鏡をかけたようにらんらんと輝き、ぞっとするほど真白な歯の乱立している口は、牡丹をふくんでいるかと思われるばかりに紅い。先きがかぎのように曲った長い赤い舌が、ひらひらと動いていた。

瞬間に、それだけのことを見て、仰天した角は、女をおさえていた手をはなして立ちあがった時、虎はふたたび山をゆるがす咆哮をあげて、おどりかかって来た。角は悲鳴もあげ得なかった。彼の体は崖をすべり、谷間に転落して行った。しばらくの間は耳もとに風を切る音を聞き、体の方々に木の葉や木の枝がふれつつ落下して行くのを意識していたが、いつかそれも意識しないようになった。

三

どの位の時間、気を失っていたのであろうか。眠りが次第に浅くなるように、意識が徐々にかえって来た。

自分の部屋のベッドの上に寝ていると思っていた。誰やらが部屋中を歩きまわっている。おふくろらしいと思った。彼は孝行者だから、大急ぎで目をさました。起きあがった。寝台を下りようとして、足をのばした。しかし、その足は下にのびなかった。

（おや？）

と思った時、完全に目がさめた。自分の部屋ではなく、やわらかな苔の生えている地べたに、じかに寝ていることを知った。

あたりを見まわした。

うす暗いなかに、青い苔の生えている岩の壁と荒々しい岩の稜角とを見た。洞窟であった。ほのかな光のさしこんで来る入口に近いところに立って、こちらを見ている者がある。

あの女だった。

「あなたでしたか」

と、角は立ちあがって、近づきながら、

「どうしたわけで、われわれは、ここにいるのでしょう」

「あたしは、あなたをお助けしたのですよ」

と、女は答えた。

虎におそわれ高い崖の上からすべり落ちたことを、思い出した。礼を言った。彼は自分のからだのどこにも、痛みのないのを不思議に思ったが、同時にまた欲情が燃えあがった。

「こちらに来て、すわって下さい。話があるのです」

相手をつかんで、引き寄せようとした。女は軽くその手をはらった。そして、

「十年の後、あたしは、あなたと会います。それまでは、ダメ」

と、言うと、さっさと出て行く。角は追いかけた。

「十年なんて、今だっていいじゃありませんか」

「ダメ、ダメ。それが天の定めなのです」

洞窟の外は谷間だった。一夜を洞窟のなかですごしたのであろうか、谷間には、真昼の明るい光がみなぎって、紅・白・黄・青・紫、さまざまの春の花を点在さした緑の草木の上には、陽炎《かげろう》がゆらめいていた。女はその光と色彩の洪水のなかに進み入り、しばらく歩くと見えたが、忽ちかき消すように見えなくなった。

「娘さん、娘さん」

角はあたりを見まわして、叫んだ。空しいこだまだけがかえって来た。

夢に夢見る気持で、ぼうぜんとしていると、うしろから軽く肩をたたく者があった。おどろいてふりかえると、おそろしく背の高い老人が立っていた。

黄色な着物を着、長い杖を持って、髪もひげも真白であるが、顔の色は赤ん坊のように、つやつやしている。高い鼻と落ち凹《くぼ》んだ目をしていた。目の色は碧《みどり》であった。

まるでつじつまの合わないなりゆきである。

（おれは夢を見ているに違いない）

と思ったが、とりあえず聞いてみた。

「あなたは、どなたです。いつ、どこから来られたのです」

「わたしは、はじめっからここにいる」

「えッ！」

たしかに、これは夢だ。でなければ、この老人は神仙に違いないと思った。

「あなたは、神仙ですか」

老人は、ニコリと笑った。

「まあ、そんなもんじゃよ。お前、神仙になろうとは思わんかね」

「神仙になれば、どういうことになるんでしょうか」

「自由自在の人になるのじゃ」

「ほんとですか？」

「ほんとじゃ」

「それでは、試験も及第出来ますね」

「及第したいと思えば及第し、落第したいと思えば落第出来る。自由自在じゃよ」

「落第の方は仙術の力を借りる必要はありません。覚えがあります」

「ああ、そうじゃったな。それはお前の得手《えて》じゃったなあ」

「そうはっきり言わんで下さい。人に言われると気持がよくないのです。ところで、仙術を知ればさっきの女に会うことも出来ますね」

「もちろん、出来る」

「すごい！　習いましょう」


洞窟を住居にして、二人の生活がはじまった。十日ばかりは、薪《まき》を集めたり、水をくんだり、掃除をしたり、つまり、薪水《しんすい》の労に服することですぎた。術らしいものは、なに一つとして教えてくれない。十日目に、老人は、

「今日から、授業を開始する」

と言った。そして、ふところからなにかつまみ出して、

「手を出せ」

と言った。

角が手をそろえて出すと、その手のヒラに白い胡麻粒《ごまつぶ》のようなものを落とした。急にはなんだかわからない。視線をこらして、よくよく見ると、そいつはむずむずと動いた。なお見ると、たくさんの脚がある。どうやらしらみに似ていた。

「これはなんでありましょうか。これを、どうするのでございましょうか」

「それは、しらみ。そのしらみをお前の髪の毛でしばってぶら下げて、眼前三尺のところにおいて、いつもにらんでいるのじゃ」

「にらめば、どういうことになります」

「にらんでいると、いつかそのしらみが、くるみの実ほどの大きさに見えて来る。なお、にらんでいると、瓜ほどに見えて来、ついには車輪ほどの大きさに見えて来る。そこまで行くのが、修業の一段階じゃ」

「ほんとですか」

「疑ってはならん。この道では、信ずるということが、最も肝腎なんじゃ。信じること以外はないと言ってもいいくらいのものじゃ」

言いつけられた通りにした。

朝も、昼も、夜も、目をはなさず、しらみをにらんでいた。五日ほど経つと、どうやら少し大きく見えて来るような気がした。更に、五日ほどすると、南京虫ほどに見えて来た。その翌日には、クルミほどの大きさに見えて来た。一月ぐらいの後には、車輪ほどの大きさに見えて来た。

このことを老人に告げると、老人は、

「それでは、試験してみる」

と言って、弓と矢をあたえ、はるかに高い崖の上にそびえている喬木《きょうぼく》の梢《こずえ》を指さした。

「あそこに、鳥がとまっているのが見えるだろう」

「ああ、見えます」

高い高いところに、その鳥は、一点の黒子《ほくろ》のように見えた。

「あれを射落として見よ」

角は今まで弓など引いたことはなかった。どうしてあんな高いところにいる鳥を射落とせるものかと思った。

しかし、この黒子を見つめているうちに、次第に大きく見えて来はじめた。だんだんひろがり、最後には、視界いっぱい、鳥の姿となった。

こうなると、どこを目がけて矢を放っても必ず鳥にあたるというしかけになる。矢をつがえ、無造作に引いて、放った。

矢の飛んで行くにつれて、鳥の姿は縮まり、そこまで矢のとどいた時には、また黒子の大きさにかえった。そして、飛び立とうとするかのように、パッと翼をひろげたが、そのまま、石のように落ちて来た。

矢はあやまたず、胸元を射つらぬいていた。

四

老人は、今度は一ふりの剣をあたえた。

「この剣を、ひもでぶらさげて、それをにらみつけていよ」

「すると、どういうことになります」

「その剣が、だんだん小さく見えはじめる。縫針よりも、まだ小さく見える。茨《いばら》のトゲほどに見えるようになる。そうしたら、修業の一段階がすんだのだ」

「ほんとですか」

「疑ってはならんと、あれほど言ってあるではないか」

一月ほど経つと、まことに不思議なことに、老人の言う通り、三尺に余る剣が茨のトゲほどに見えるようになった。

「よし、よし。それで、第二段の修業が出来た」

と、老人はよろこんだ。

「以上、お前が学んだのは、比《ひ》の術というものである。この世には、絶対的なるものはない。すべて相対的なものだ。弱強、大小、長短と言っても、すべても比較の上に立つものである。従って自分を無限小と観ずれば、他は無限大である。自分を無限大と観ずれば、他は無限小である。天下なにものもおそれるものはない」

と説明した後、一巻の書物を取り出して、あたえた。

「以上のことを十分に心得ておれば、応用自由自在、なにごとでも出来ないことはない。この巻物なんぞも、本来はいらんものだが、お前にはまだ器用にゆくまいから、熟読して、修業するがよい」

角はぼろぼろになった巻物を両手にささげ、ひたいにおしあて、ふたたび目を見ひらいたが、老人の姿はもうそこにはなかった。

角はその巻物をひろげて見た。いろいろなことが書いてある。剣術、槍術、棒術、弓術、馭《ぎょ》術、鉞《えつ》術、拳法《けんぽう》等の、ありとあらゆる武芸から、医術、占卜《せんぼく》術、呪《じゅ》術等にいたるまで、ずらりと書きならべてあった。

「これはいいものをもらった」

もう姿の見えない老師に感謝のいのりをささげて、洞窟を立出《い》でた。

村にかえってみると、村の様子は大分変っていた。というのは、彼は三月ぐらいしか山にいなかったつもりであったが、実際は三年以上も行方不明になっていたからであった。彼の家では彼はもう死んだものと思っていた。

家に帰ってから角はほとんど外出しなかった。毎日一室にとじこもって、秘巻についての研究をつづけた。

その年の冬、山々に雪の来るころの或《あ》る日、突然、村に大騒ぎがおこった。

虎が山から出て来て、村の百姓家の豚を食いつくし、さらに隣りの垣根を押しくずして、そこの豚を襲撃中であるというのだ。

「むごいことぞの。楊の家では五十三匹、残らず食われてしもうた。朱《しゅ》の家には六十二匹いるが、これもみんな食われてしまうに違いない。しめて百十五匹。えらい大食《おおぐら》いの虎じゃ。今にこの村の豚は根絶やしになるぞいの」

と、村人らは騒いだ。

書物を読みつかれ、とろとろと眠気のさしていた角は、家人の話を聞くと、退屈しのぎに出て行ってみた。

村中、どこの家もきびしく門をさし固め、屈竟《くっきょう》な若者共だけが二、三十人、弓や、手ボコや、棒や、マサカリを持って、辻に屯《たむろ》していた。若者らは焚火をし、鶏や豚の肉を串にさしてその周囲にたてめぐらし、それをかじりながら、勢いをつけるために酒を飲んでいた。

着流しのまま、ノンキな顔をして、角があらわれると、若者らは驚いた。

「危いですから、おかえりなさいまし。若旦那などのいらっしゃるところではありません」

「まあ、そういうな。おれにもいっぱい飲ませろ。お前らがここにいるかぎり、危いことはないからね」

角は焼肉をかじり、酒を飲んで、若者らといろいろなばか話をした。

ほろほろと酔いのまわる頃、少し向うの辻の家のあたりで、

「キャーッ！」

という悲鳴が聞こえ、つづいて、

「老虎が来た、老虎が来た！」

という叫びがおこった。

若者らはあわてふためいて立上った。頬ばりかけていた焼肉をのみこみ、盃を投げうち、武器をとった。

が、その陣形がまだ整わないうちに、虎は辻を曲って姿をあらわした。

思うさまに食って、満足して、人間ならば、ほろ酔いの千鳥足で、くわえ楊子《ようじ》のふところ手で、ふらりふらりと来る、というところだろう。長い真赤な舌で、ぺろりぺろりと口のまわりをなめながら、ゆっさゆっさと近づいて来た。肥え太った豚を腹いっぱい食っているから、やせこけた人間なぞ、目につかないらしかった。

若者らは、恐怖のために化石のようになっていた。口をあいた者はあいたまま、槍をかまえたものはかまえたまま、刀を抜きかけた者は抜きかけたままの姿でいた。

虎は十間ばかりの距離まで近づくと、大きなあくびをした。人間なら、『ゲップ』をしたところであろう。四斗樽ほどの真赤な口があき、赤い舌が動き、白い歯がきらめいた。

これを『アクビ』と知ったら若者らも、それほど狼狽はしなかったであろうが、鮮血のしたたるような、真赤な大きな口が、精いっぱいあけられたのを間近に見たので、忽《たちま》ち、

「ウワッ！」

と叫ぶと、逃げ足になった。

虎は不思議そうな顔をして、こちらを見たが、こけつまろびつ逃げ走って行く人間どもの姿を見ると、食後の運動に追いかけて見るのも面白かろうと思ったらしい。

天地をゆるがすような咆哮をあげるや、一跳足《いっちようそく》に五間、六間、という速力で、追いかけて来た。

角は若者らの中程を走っていたが、とてもこれは逃げきれないと思った。

わきを走っていた男の弓矢を奪いとり、矢をつがえた。

口のなかに唱えた。

「われは無限小、虎は無限大、われは無限小、虎は無限大」

するると、虎の姿は見る見る大きくなり、天地一ぱいにひろがった。真赤な虎の口はあたかも大厦《たいか》高楼のホールのごとく、巨大なものとなった。

彼はその真赤な大厦高楼のただ中を目がけて、矢を放った。するする延びて行った矢が、真赤な洞穴にむかって飛びこむと、虎はすさまじい跳躍をした。力一っぱい大地に叩きつけられたゴムマリのようであった。一飛びに十二、三間も飛び上ったが、今度はそこから大地に落ちて来、たたきつけられた熟柿《じゅくし》のように平べッたくなって、死んでしまった。

弓矢をすてた角は、虎のそばに近づき、

「われは無限大、虎は無限小」

と、唱えた。

すると、長さ二間、尻尾の長さを加えれば四間にもあまる虎は、見る見る小さく、一寸ぐらいのものになった。彼はそれをつまみ上げ、ピンと指先ではじいた。虎ははるかな畑まで、飛んで行き、生えそろったニンニク畑を押しつぶし、半分地に埋まった。この時にはもう原形に復していたのである。

この事件以後、落第の秀才の名声は一ぺんに回復された。県知事がわざわざ使いの者をつかわして、

「警察官吏になってくれないか」

と、交渉した。

巡査などというものは、今日の文明国家では大したものではないが、当時の中国では、武芸の達人でないとなれないし、したがって世間の見る目も重かったのである。角はこの招聘《しょうへい》を断った。巡査になんぞならなくたって、生活にはなんの不自由もないのである。ましてや、たとえ落第したとはいえ、文官試験を受けて一挙に県知事かなんぞになろうと思っている人物に、巡査とは失礼である。

評判がよくなるにつれて、角はだんだん自信を得て来た。彼は秘伝書によって学んだ術を施してみようと思った。

難病に苦しんでいる者は、いつの時代だって絶えない。彼は村中のいろいろな病気、たとえば盲目、たとえば聾唖、たとえば神経痛やリューマチで足の自由を欠いている

者、たとえば労咳《ろうがい》で数年治《じ》せない者、たとえば悪性オデキに苦しんでいる者、今も昔も片田舎には種のつきない、こんな病人どもを集め、符をあたえ、一碗の清水をあたえ、

「この符を、この水でのめ」

と、命じた。

翌日になると、療《なお》った者がいくらかあった。療らない者にたいしては、きびしく説教した。

「お前らには、疑ぐるという心があるからいけない。おれを信ずるならば、必ず療るはずである」

数日のうちには、療ったと称する者が増えた。

今日でもあることだが、こういうことは、決して厳密に統計をとって、効いたとか、効かないとか、結論されるものではない。十人の受術者のなかに二人療った者があれば、療ったということが強く宣伝され、療らなかった八人のことは勘定に入れられない。その生活が艱苦《かんく》に満ち、しかもその艱苦の大方が、どうしようもないものであるので、絶えず奇蹟を待ち望み、奇蹟ならざるものをも奇蹟としたがるのが、民衆のいじらしい習性である。

角の名声は四方に聞こえた。張家の門前には、いろいろな術を乞う者が群がり集った。

「武術を教えてくれ」

という者、

「難病をなおしてくれ」

という者、

「将来の運勢を見てくれ」

という者、ありとあらゆる悩める人間が、鉅鹿《きょろく》の郊外の、煉瓦塀にかこまれ、門に柳のある張家をたずねて来る有様であった。

五

この繁昌を見て、角の弟の宝と梁は相談した。三つずつ違っている兄弟であるから、宝は二十二、梁は十九歳である。二人は角と違って、なかなか世間智があった。

宝が言う。

「このままにして、兄貴も、ただれ目や、聾唖を治すぐらいのことで終っては、もったいないね」

「大仕掛に病院でも建てるか」

「それもつまらない。兄貴を教祖におし立てて、新宗教をおこしたらどうだろう。こいつはもうかるぞ。この先きの道観《どうかん》なぞ、ろくな道士《どうし》はおらず、一向御利益もないんだが、とにかくもあれだけの構えの屋台骨をささえ、道士数十人が美衣美食しているんだからね。兄貴ほど術が行われれば、教祖として申し分ないよ。それに、おれとお前とが左右の翼になって働けば、忽ち大宗団になれる」

「そいつはいい知恵だが、宗団というからには教義がなければならないぜ。兄貴のいうことには、教義らしいものはなんにもないぜ」

「あるじゃないか。おのれを無限大と観ずれば対者は無限小、対者を無限大と観ずればおのれは無限小。なんだかワケのわからない文句だが、それだけに有難そうには聞こえるぜ。肝腎なのは、有難そうに聞こえるということだ。あらゆる宗教の経典が、わけがわからず、むずかしげなのは、このためだよ」

「それはそうかも知れない。宗教というものは、信にはじまって信に終るものというから」

かくして、鉅鹿の郊外の寒村が、一宗団の本山となった。宗名《しゅうめい》は、『太平道』と名づけられた。信徒らが黄色いきれをかぶって、目じるしとしたので、『黄巾《こうきん》の徒《と》』と一般には呼ばれた。

時代は後漢の末、国初《こくしょ》の質実で健康な気風が次第に爛熟して、社会の各方面に世紀末的な不健康なものがみなぎっている時代であった。

朝廷では、近臣どもが二派に分れて勢力を争っていた。その一派は去勢して大奥に仕えている宦官《かんがん》の群で、本来は小使いか給仕程度のものなんだが、天子の側に侍しているために、次第に強大な権力を持つようになり、いまではこの人々の意志を無視しては何事も行われない有様であった。

もう一派は学者集団である。これはみな一種の正義派で、理論家が揃っていて、常に宦官共の専横を憤り、これを排撃していた。

政治の中心がこんな工合であるから、世のなかがうまく行くはずがない。地方政治は乱脈を極め、盗賊は天下に横行し、良民は苦しみあえいでいた。

世が乱れ、民の心が寄辺《よるべ》を失っている時には、必ず新宗教がはやる。太平道は日に日に盛んとなり、数年のうちにその徒百五十万と言われるほどとなり、整理の便宜上三十六組に分け、その一つ一つを『方《ほう》』と呼んで、これを取りしまらせるに至った。

この有様を見て、宝と梁とはまた新しい野心を燃やした。

「この分で行くと、天下が取れるかも知れん。そっちの方に、運動を持って行って見ようや。信徒は信仰しきっているのだから、戦争には強いにきまっている。また神である兄貴の言いつけに背くことは絶対ないからね」

「よかろう。やって見よう。どう生きて見るのも一生だ」

この相談があってから間もなく、へんな歌を世間の子供らが歌いはじめた。

今の親爺はおッ死《ち》んで、
黄色い神様やって来る、
甲子《こうし》の年に、そうなるそうな
それで、天下は万々歳、やれ、万々歳

この歌は、最初湖南のあたりで歌われたそうだが、忽ちのうちに都に流行し、全国にひろがった。

しまいには子供らだけではなく、大人らも口ずさんだ。歌妓《かぎ》なぞ、覚えておかないと、酒席で所望されるので恥をかくと言われた。

六

角は時々各方を巡行して、その土地の信者らに会っていたが、都に滞在中の一日、朝早く弟の宝がやって来た。

「すぐ、外出の支度をして下さい」

「どこへ行くのだ」

「さる大官の家に参ります」

連れられて行ったところは、王宮に近い屋敷町の、宏壮な邸宅であった。

「誰の家だね。ここは」

「十常侍《じゅうじょうじ》のひとり、徐奉《じょほう》さんの屋敷ですよ」

「なんの用事があるのだい」

「徐奉さんは病気なんです」

いくつかの門を通った。待遇は至って丁寧である。奥まった一室に通されてすわっていると、色の蒼白い、ヒゲのない男が出て来た。去勢した者特有の、気力のない顔である。

宝はその男を見ると、叉手《さしゅ》して、ひざまずいて、拝をささげた。

「ハア――。よくお出で……」

頭のどこかに穴があって、そこから声が抜けるのではないかと思われるような、フワーとした声で、その男は言った。

弟があまりにも丁寧なあいさつをするので、角もちょっと会釈をおくった。

「これが、大賢良師（張角）でございます」

「ハア――。あんたかいな。わしが徐奉です。まあ、おかけなさい」

二人の客をかけさせておいて、徐奉も椅子に腰を下した。時々指さきでこめかみのあたりを揉んでは、顔をしかめていた。

「やっぱり、およろしくないようですな」

と、宝が言った。

「よくないな。あんたがえらいもったいぶって、護符《ごふ》をくれたんで、毎日一枚ずつのんだが、ききませんわい。それで、昨日は一ぺんに十枚ほど飲んでみたんやが、胸が悪うなったばかりで、頭痛はさっぱり治りおらんがな」

「そんなことはないはずでございます。召しあがりようが、いけなかったのでしょう。つまり、信心が足りないのですな」

「信心というたかて、治れば信心もするけど、治らんものを信心しようはないですがな」

「それがいかんのです。先ず信ぜよ。信仰は山をも動かす、信ずるものに救いありと、言いますからね」

「ほう――。うまいこと、言いなさるなあ。しかし、宗教団体に関係のあるあんた方が、宗教に都合のいいことを言いなさるのは当り前のことで、わしはそう感心しませんで」

「そうまで疑っていらっしゃるのでは、話にはなりませんな。やっぱり、効かんのはお信じにならんからでございますよ」

宝もいささかあぐねた形で、兄の方を見た。黙って、徐奉の言うことを聞いていた角は、面白い、と思った。しかし、生意気だ、とも思った。

彼はすっくと立ち上って、卓子をはなれた位置に立ち、部屋の入口に立っているこの家来に、

「水を、どんぶりに一杯もらいたい」

と、所望した。水が持って来られると、彼はそれを片手にささげ、徐奉に言った。

「どうぞ拙者の前に来ていただきたい」

「なにをすんのかいな」

「なんでもいいから、ちょっと立っていただきたい。お為《た》めにならないことはいたしません」

「さよか」

徐奉は命ぜられた位置に立った。

角は水の入っているどんぶりを、彼の前にさし出した。

「これをお持ち下さい。両手でしっかりと持っていて下さい」

徐奉はその通りにした。

「中を見つめていて下さい。間もなくこのどんぶりのなかに、不思議なことがおこります」

徐奉がそのどんぶりを見つめていると、不意に、その底から、もくもくと動き出して来たものがある。どんぶりの底に針の先きでついたような穴があって、そこから水がすさまじい勢いで吹き出して来る。もくもく、もくもく、と、吹き出しつづけているのであるから、すぐ一杯になり、忽ちどうどうとこぼれそうなものだが、決してこぼれない。こんもりとまるくもり上るようになった水面が、はげしく旋回しているだけで、一滴もこぼれない。

「ほう、こりゃ不思議や」

「しっかり見つめていて下さい」

見つめていると、水のなかにひろい世界がひらけて来た。陰影のおぼろな、青白い光線のただよっているなかに、立派な宮殿が見える。

楼門があり、築垣《ついじ》があり、高殿《たかどの》があり、坪庭《つぼにわ》があり、様々な美しい花の咲いている木が茂っており、ぶらんこがある。

間もなく、御殿の廊の一隅に、むずむずと動くものがあった。人の姿をしていた。黄色い頭巾をかぶり、黄色い道服を着ていた。その男は坪庭を横切って、楼門をくぐり、長い杖をひきながら、宮殿の前を逍遥しはじめた。

(見たような男だ)

と、視線をよせると、どうやらそれは角であるようであった。

「オヤッ！」

と、思った時、どんぶりの中の水は、一時にパッと飛び散って、徐奉の顔にかかった。仰天した。

「なにをしなさる！」

顔から、頭から、胸のあたりまで、水だらけになって、徐奉はとがめた。

「まあ、お拭きなさい」

角はにこにこ笑っていた。

「拭きますよ。わしの顔だ。いつまでもぬらしとくわけには行かへん」

徐奉は袖をたぐって、顔を拭いた。

「いたずらをしなさる。わしをなんじゃと思うていなさる」

「頭痛はいかがです」

「エッ!?」

「さっぱり、お治りでしょう」

「……なるほど。ふーん……こら、奇妙や、治っとりますがな」

徐奉は、喜び、態度をあらためた。二人を別室に招じ、歓待につとめた。その席上、ふと徐奉は言った。

「良師の妙術を、わたしの友達の老母に施してもらえまへんか」

友達というのは、同じ寵官の仲間である封諝《ほうしょ》のことである。

封諝の老母が、左腕の骨がうずいて、手をつくして治療しているが、なかなか治らないで困っているから、それのところへこれから行っていただけないかと、言うのであった。

「行きますとも」

角より先に、宝がそう答えた。

間もなく、三人は轎《かご》をならべて、封諝の屋敷に向った。同じ屋敷町のはずれに近いところに、封諝の屋敷はあった。

封諝は小男で、長身の徐奉に並ぶと、子供のようであった。同じように、去勢者特有の精気のない顔をしていた。封諝は徐奉からの紹介の言葉を聞くと、大へん喜び、感謝して、しばらく奥へ消えた後、またあらわれて、三人を奥殿の方に連れて行った。いくつかの坪庭を渡り、いくつかの小門をくぐって、連れて行かれた奥殿の一室に、一人の老女が赤い肱《ひじ》かけ椅子に、多数の侍女をしたがえ、老いたる女王のように傲然たる姿で、腰かけていた。

赤く、てらてらした顔は、太っているくせにしわでうずまり、小さな目が針のようにするどい光をしずめていた。年はもう七十くらいにもなろうと思われるのに、いやらしく化粧して、口には紅をさしていた。

「あたしの病気を治して下さるというのは、どの人ですかえ」

老母は、細い目を、角と宝との上に、きょろきょろと動かした。

「わたくしです」

角は進み出た。

「あんたですか。ほう——これはまたきれいな殿御《とのご》やな」

老女は、ににた笑って、ウインクを送った。そのウインクこそはすさまじいものであった。さすがの角もふるえあがった。彼は心のうちに唱えた。

「われは無限大、彼は無限小、われは無限大、彼は無限小」

老母は口紅をさした唇をひるがえして、痛状をうったえた。――三年越し、左の肘《ひじ》が痛んでいる。最初のうちは気候の変り目に痛み、近頃ではのべつまくなしに痛んでいる。それほどはげしい痛みではないが、たえ間のない痛みなので、気がいらいらしてならない。食欲さえなくなった云々……

角は弟の方を見た。すると、宝はいきなり、

「どんぶり！」

と、叫んだ。

「ほう――これも、どんぶりで治りますかいな。あらたかなもんですなア」

と、徐奉がそばで感心した。

どんぶりが持って来られ、角は、どんぶりを片手にささげ、片手をどんぶりの水につけて濡らし、その手でげんこつをこしらえて、にゅーッと、老女の前に突き出した。

「これが、わかりますか」

老女はにたりと笑った。

「見つめていて下さい。しっかり見つめて……」

老女は益々うれしげになった。にたり、にたりと、口紅のついた口をゆがめて笑う。するどかった目が、やさしくなり、とろけそうになった。呼吸をはずませ、身を乗り出しそうにした。

とたんに、角はげんこつを、ぱっとひらいた。老女の顔に、角の手から飛んだしずくがしぶきかかった。

「すみました。どうです。お痛みはもうないでしょう」

もそもそと身動きして、腕の関節をたずねている様子だった。

「ほんまですな。こりゃ、奇妙ですわい。治りましたわい。すっくりととれましたわい。不思議やこと！」

と、歓声をあげた。

「玉鳳《ぎょくほう》や、玉鳳や」

と叫んだ。

十二、三人居た侍女のなかから、さらさらと衣ずれの音を立てて進み出て来た女があった。

下着の透《す》けて見える青紗の着物を着て、腰の細いその女は、若い柳のようにしなやかであった。

老女の前に、片ひざついてかしこまった。その女の横顔を一目見た時、角は一時に心臓がとまった思いがした。

（そんなはずはない）

と、疑った。

しかし、どう見ても、それは似ていた。あわただしく、胸のなかで指を折った。たしかに十年経っていた。

七

張角の胸は、はげしく騒ぎはじめた。熱いものとつめたいものとが、交《かわ》りばんこに体をすッすッと、抜けて行く感じだ。

「玉鳳や、これをその若いお方にあげておくれ」

老母は腰に下げていた玉玦《ぎょくけつ》をはずして、玉鳳の手に渡した。ひざまずいてうけとった娘は、くるりとまわりながら立上り、伏目がちに張角の前に歩をはこぶ。

青紗の裳裾《もすそ》が、歩くにつれてかるくふるえ、かぼそい腰のまわりに微妙な波をつくった。娘は張角の前にくると、ひざまずいて、玉玦を角の腰につけてやろうとした。

透き通るみどりの暖かい色をしたその玉玦には、紅の絹の組みひもがついていた。その美しいひもをもてあそぶ、玉鳳の白く小さく形のよい手は、爪先だけ淡紅《うすべに》をさしたように赤く、なんとも言えず美しく、また可憐であった。

棒を立てたように突っ立っている張角の位置からすると、玉鳳を真下に見おろすことになる。濡羽のしなやかな髪、青々と匂う襟足、処女らしい可憐な首すじ、さては青玉の耳環のゆれる可愛らしい耳。目のくらむような気持であった。角のひたいから鼻の頭にかけて、びっしょりと汗の粒が吹き出てきた。

美しい手に力がこめられたり、力が抜かれたりして、形よく玉玦を下げてくれたのち、玉鳳は立上った。

玉鳳の眼は、この時はじめて角の眼と合った。驚く色はない。にっこり笑って、かるく会釈して、また腰の線をたおやかにふるわせながら、侍女らの列の中にかえっていった。

角は自分の今いる場所も忘れ、立場も忘れ、ひたすらに女の姿を見守っていた。

「それでは、あちらに参りましょう」

と封諝が言ったが、まるで聞こえない。

「兄さん」

と、宝が見かねて、袖をひいた。

「ほう、なんじゃ」

角は夢がさめたような顔をした。

「封諝さまが、あちらへ、とおっしゃいます」

封諝が先に立ち、その後に角と徐奉がつづき、最後に宝という順序で、その部屋を去った。

「あらたかなもんや、わしは恐れ入った」

口をきわめて、徐奉が感心するのも、角の耳には入らない。

彼は幾度も後をふりかえった。いやらしいばあさまが、椅子の上から手をふって見せる。ニタニタと愛嬌笑いしたり、ウインクしたりして。しかし、そんなものは角の眼にはうつらない。侍女らの中に、微笑をふくんで自分を見守っている玉鳳だけが、彼には見えるのであった。

封諝は、客間に案内すると、山海の珍味をつらねて饗応した。

角には酒の味もわからなければ、さまざまの珍しい御馳走の味もわからなかった。自分の前の皿にたべものがとりわけられればむしゃむしゃと食い、盃に酒が満たされればとり上げて飲み、一切無意識であった。

口なんざ、一言もきかない。心に残る玉鳳のおもかげをみつめ、抱きしめていた。

一方、宝の方は大いに食い、大いに飲み、大いに弁じた。眉をあげ、卓をたたき、悲《ひ》歌慷慨《かこうがい》した。

「閣下達よ」

と、彼は封諝と徐奉に呼びかけた。

「一体、人間がこの世に生をうけたのは、何がためでありますか。富貴をきわめ、権勢をにぎり、この世の歓楽をほしいままにするためではありませんか。今や閣下達は天子のかたわらに侍し、権要《けんよう》の地位をしめ、人臣として無上の位におられます。しかしながら、今の世はいかなる世でありますか。政治行われず、民心荒廃し、盗賊四方に横行し、乱世の兆《きざし》歴々としています。これ漢の天下が、もう長く続かないことを示しているのでなくて、何でありましょう。悲しむべきことではありますが、盛衰興亡は天の道。人力をもってはいかんともしがたいのであります。時なるかな、時。豪傑の士が自ら立って天命を受け、天下の主となるべき時ではありませんか」

封諝も、徐奉も、ものは言わない。生気のないひげなし面ににたにた笑いを浮かべながら、宝の気焔を聞いているばかりであったが、やっと封諝が口をひらいた。

「これこれ、あんた、おだやかならんことを言いなさるなあ。わしらの前で、そんなこと言う人がありますかいな。あんたは、わしらをなんじゃと思うていなさる。これにござるは、十常侍の一人徐奉さん、わしは封諝ですぞな」

「拙者は閣下達を十常侍などとは思っていません。中原《ちゅうげん》に馬を駆って、鹿を追う資格ある豪傑であると思っています。だから、こんなことを申し上げるのです」

徐奉が、れいのあたまのどこやらに穴のあいているような声で笑い出した。

「フワフワワフワ……豪傑ちゅうもんは、ひげがなくてはいかんでしょう。ひげのない豪傑なんて、聞いたことはありませんもんなあ。ところで、わしらはホーデンを抜きとられていますんで、ごらんの通りひげがありませんがな」

なるほど、ひげぬきや、ホーデンぬきの豪傑は、聞いたことがない。英雄色を好むというのに、ホーデンぬきではどうにもならん。ひげがなくては、豪傑としての恰好がつかん。

宝は言いつまって、手酌でがぶりがぶりと三ばいほど酒を飲んで立ち直った。

「そんなもんは、なくてよろしい。決して豪傑たるの必要条件ではありません」

まず結論を下しておいて、論証にかかった。

「前漢の張子房、――拙者の家の遠祖ということになっていますが、彼は容貌婦女子のようであったと申し伝えられていますから、ひげのなかったことは確実であります。御承知の如く、ひげのある婦女子はありませんからね。次にホーデンの方でありますが、これは……」

と、言いかけて、言いつまった。適当な例が思い出せなかった。兄に助言をもとめた。

「大賢良師よ。ホーデンは必要な資格でありましょうか？」

その大賢良師は、弟の馬鹿げた気焔など、聞いていなかった。玉鳳にそんなものがあってはたまったものではない。

「そんなものがなんで必要なのだ。あったら大変だ」

八

こういうことから、張角兄弟は、徐奉と封諝との信用を得て、しきりに往来しはじめていた。

角も、宝も、腹に一物がある。角が封諝の家に行くのは玉鳳をみたいためであり、宝が二人を訪問するのは二人を味方に引き入れて、天下取りの一挙をおこした時宮中から内応してもらおうとの料簡からであった。

その日も、角は封諝の邸に遊びに行っていた。すると、急に用事が出来て、封諝が席を立った。度々遊びに来るので、角は今ではほぼ自由に邸内を歩きまわる。ぶらぶら廊下を歩いた。すると、陽のあたっている坪庭に、一人の女の立っているのが見えた。

彼はなにげなく近づいて行ったが、急にどきんとした。真赤な花の咲きこぼれているさるすべりの下に立っているその女は、玉鳳に違いなかった。

彼は心臓が飛び出しそうに騒ぎ立って来た胸をおさえて、真直ぐに歩き寄って行った。

玉鳳は向うむきになって、さるすべりのなめらかな幹を、指先でコチョコチョとくすぐっていた。

読者諸君も御承知であろうが、さるすべりは『くすぐりの木』という俗名もあって、指先でくすぐってやると、木全体がくすぐったそうに、ふるえるのである。

玉鳳はそれをやっていた。彼女の、指先が淡紅くて、白く小さく形のよい手の、かすかなくすぐりにつれて、木はこまやかな枝の密生した梢の先きまでふるえ、ふるえる度に赤い花びらを散らした。

花が散りこぼれると、玉鳳はほがらかに笑った。四方を煉瓦塀と建物にかこまれた静かな庭に、その笑い声は明るくふるえながら、こだまを呼んだ。

彼女はふり返った。角をみた。微笑した。

角は一歩進み出た。つばをのみこみ、緊張して言った。

「十年目ですよ」

玉鳳は答えない。ただ明るい声で笑った。

「約束ですよ」

と、つめよった。

玉鳳はまた笑った。

むらむらとしたものが、胸にこみあげた。いきなり、女の腕をつかまえた。

「約束ですよ。忘れたとは言わせませんよ」

玉鳳は、三度高らかに笑った。そして、ひょいと身をそらすと、立去ろうとした。

「お待ちなさい」

と、追いかけた。

しかし、どう追いかけても、追いつくことが出来なかった。角にはこれがピンと来た。術を使っているのだと気づいた。自分も術を使うことにした。

「我は無限大、彼は無限小……」

かつてききめのなかったことのないこの術が、今日はさっぱりききなかった。精神力のあらんかぎりをつくしたが、目に見えない手が、こちらの投げかける呪縛を、ハッシハッシとはねかえす感じだ。汗をしぼって念《おも》いを凝らしたが、同じであった。

皮肉なことに、玉鳳は目の前四尺ばかりのところを、若柳のような立ち姿と朝風にゆらめく白蓮のような嫋々《じょうじょう》たる歩きぶりを誇らかにみせつつ、わざと腰をゆすって行く。庭を行きつくした時、横の部屋から封諝が出て来た。

「失礼しましたなあ。案外に時間がかかりまして、さぞや退屈でありましたやろ」

もう追いかけるわけにはいかない。適当にうけ答えしていると、女はまがり角でふり返り、にっこり笑って姿を消した。

九

その晩のこと。

角が居間で玉鳳のことを思いふけっていると、侍僮《じどう》があわただしくかけこんできた。不作法な足音に、温柔な夢を破られた角は、腹を立てた。

「不作法なやつだ。もっと静かに歩けんのか！」

侍僮は、太平道の信者である。信仰に凝りかたまって、自ら進んで侍僮となって奉仕しているのだ。恐縮し切って、黄色いきれをまいた頭をさげた。

「御静思をおさまたげして申しわけございません。只今封諤様のお屋敷から献上ものが到来いたしまして、大賢良師に直々《じきじき》にお目にかけたいという口上でございます」

なにをくれたろうと思った。

教祖となって太平道を開いてから、篤信な信者らから、しげしげと献上ものがある。なれているので、格別有難いとも思わない。

「では、運んで来たらいいだろう」

「とても大きなもので、重うございます」

「重ければ二人でも、三人でも、人数をふやすがよい。そんなことのためにたくさんの人数がいるのだ」

間もなく、四人の侍僮によって、四角な長い箱が運びこまれて来た。漆黒に塗ったその箱は、四人の侍僮が四隅を持って、よたよたとよろめくほどの重さを持っていた。

部屋の真中にすえさせた。

「鍵でございます」

絹の袋に入ったそれを、最初の侍僮がさし出した。

角が錠前を開ける間、侍僮らは期待した眼で四方から見ていた。ふたをとりはらうと、赤、黄、青、色々にそめた絹が、色ある雲のようにふうわりとつまっている。

「ほう！」

とは言ったが、心中なんだこんなものと思った。絹布など、三日にあげず献上があって、ちっとも珍しくない。侍僮らの顔にも失望の色があらわれた。どんな献上ものがあったところで、お裾分《すそわけ》にあずかるわけではないのだから、彼らにとってはなんであってもかまわないわけだが、こういう場合の人間の心理はおかしなものである。彼等も主人と同じように、なんだつまらないと思った。

その時であった。その彩りある絹がむくむくとうごいたかと思うと、中からすっくと立上ったものがあった。

「あっ！」

と叫んで、角はたじたじと退《さが》った。

一目には、彩雲をふんで下界に臨む仙女と見えたが、次の瞬間には、それが外ならぬ玉鳳であると知った。驚きは喜びにかわり、喜びは疑いにかわった。正に夢か現《うつつ》かというところである。

しかし、恋する者の気の弱さ！　こんなことがあるべきはずがない、これはきっと夢なのだと思った。

自分の小指を噛んでみた。現実ならば痛いはずである。痛くないような気がした。思い切り噛んでみた。気絶しそうに痛かった。危《あやう》く「アッ！」と悲鳴を上げるところであった。

この有様を、玉鳳は微笑して見ていたが、あまりの痛さに角が泣き出しそうなしかめ面《つら》になるのを見て、言った。

「なにをなすっていらっしゃいますの」

ああ、この声！　十年前、百花咲き、陽炎《かげろう》もゆる緑の谷間で聞いた、あの声であった。

角は女の手をにぎった。

「誰が、あなたをここによこしたのです」

「封諝様です。封諝様は、あなたがわたしを愛していらっしゃるのを知られると、わたしを呼んで、あなたのところに行くように仰っしゃって、こうしておつかわしになったのです」

「ああ有難い。拙者はながく、封諝閣下の芳心を忘れないであろう！」

角は、部屋の四隅に立って指をくわえ、ポカンとしてこの有様を見ている侍僮らに気づいた。かっとしてどなりたてた。

「気のきかない小童《こわつぱ》ども、なにをそんなところで馬鹿面して見ているのだ！」

突風に吹きとばされたように、侍僮らはきりきり舞いして、飛び出して行った。


二人だけになると、焔につつまれたような気持が角を襲った。玉鳳を抱きしめた。

「ほんとうに十年たった。今度こそ、もう永久に、あなたは拙者のもの……」

女を抱き上げて、寝台の方にはこんで行こうとしたが、女は動かなかった。動かすことが出来なかった、といった方が適当かも知れない。

若い柳よりも細っそりとし、風に吹かれる白蓮よりも嫋々たる姿をしているくせに、地軸から生えぬいた巨大な樹のように、いくら角が抱き上げようとしても、抱き上げることが出来なかった。これは術をつかっているのだと、知った。

腹を立ててどなった。

「こうまでなりながら、まだあなたは拙者を苦しめるのですか！」

女は嫣然《えんぜん》と笑いながら、

「まだ天機が熟さないのです。二人の間には、まだまだ障礙《しょうげ》があります」

「うそだ！　十年たっている」

「たっていてもだめです」

「あなたが、拙者を愛さないのです」

女は悲しげな顔をした。

「あなたも仙術を修めた人ではありませんか。どうしてそれがわからないのです」

「仙術などはどうでもよいのです。あなたを手に入れることが出来ると言うので、拙者は仙術を修業したのです。御本尊がもうここに居るというのに、何の仙術の必要があります。こうなれば仙術なぞ、くそくらえ！」

のぼせにのぼせ、熱しに熱した角は、もう自分でなにを言っているかさえわからなかった。

その時、コンコン、コンコンと、ドアをノックする音が聞こえた。

「それ、ごらんなさい。二人の間に障礙があらわれました」

と言いながら、玉鳳は角の手をやさしくすりぬけた。

「誰だ？　何の用だ？　入っちゃいかんぞ！」

いまいましげにどなる、その言葉が終るか終らないかに、ドアは外から開かれた。

宝と梁とが入って来た。角は二人の前に飛び出した。どなった。

「入ってはいかんというのに、なんで入って来た」

角の形相はおそろしいものだった。目を三角にし、口をゆがめ、今にも食いつきそうな顔であった。弟らはいっこう平気だ。猛り立っている兄貴の顔も見ず、もとより返事もせず、じろじろと玉鳳を見つめる。

「ははあ、この女ですな。封諝閣下のところから送って来たというのは」

と、宝が言うと、梁もまた言う。

「これは、教団にたいする、信徒の献上ものですから、あちらにおあずかりしておきましょうね」

二人は兄貴をしりめにかけて、進み出でて、女の手を左右からとった。

角は飛び出した。

「この人をどうするのだ！」

「まああ、話は後でゆっくりしましょう。一応これはおあずかりしておきます」

軽くいなして、女を連れ出して行く。

「待て!」

追いすがる鼻先に、バターンと音を立てて、ドアが閉まった。

「ちぇッ、無礼者!」

あわてててドアを開け、とび出してみると、いつの間に集ったのか、廊下にはあふれるばかりに多数の信徒らが立っていた。皆黄色い頭巾をかぶっているので、カボチャの花の群のようであった。二人の弟はそのカボチャの花畑のように見える人ごみを分けて、女をつれて行きつつあった。

信徒らは角をみると、一斉にひざまずいて、拝を捧げた。黄色い頭巾の下に、信徒らの目は不思議な光をはなって、角をみつめていた。その目の光は、尊敬する救世主が汚れにそむことをかなしみ憤る色であった。

習慣はかなしいものである。こうした場合、とりなれたポーズが自然にとられた。角は肩をはり、胸をそらした。非人間的な厳格な顔となった。カボチャの花の群に向って、片手をあげた。

神々しい声で言った。

「祝福、汝らが上にあれ！」

居間にかえり、ドアをしめ、一人になると、地団駄ふみたいほどにくやしくなった。檻《おり》の中の猛獣のように室内を歩きまわった。

同じ屋根の下に玉鳳がいるのに、どうにもならないということが、不思議でもあり、くやしくもあった。

弟らを呪い、信徒らを呪い、自分自身をすら呪った。

玉鳳の入って来た箱が目についた。いきなり身をおどらせ、箱の中に飛びこんだ。色ある絹の中に頭をつっこみ、もぐりこんだ。やわらかな絹の中には、玉鳳の体臭がほのぼのとのこっていた。優婉《ゆうえん》な余香は角を狂気にした。

彼は犬のように鼻をならしながら、箱の中でのたうちくるった。

「もしもし、もしもし、どうしたんです。もしもし、兄さん」

と、呼ぶ声が聞こえた。

角は、絹の中から顔をあげた。弟二人が、にがい顔をして立っていた。

これには体裁が悪かった。

「いつ来たんだ」

と言った。微笑した。笑いでもしなければ、かっこうがつかなかった。

「困りますよ。そんなことをしてもらっては」

と、宝が言った。

「かりにも百五十万信徒の信仰の中心である兄さんが、こういう無様《ぶざま》なことをなさっては、信徒らの信仰はくずれてしまいます。いかんですよ」

と、梁は宝よりも手きびしかった。

「つい、退屈したものじゃから」

と、角はおそろしく気弱かった。

「それにしても、ああいうのはいけません。教祖たる者は、退屈した場合には、庭に出てうそぶくか、あるいは瞑想の姿勢でそぞろ歩くとか、信徒らの教祖に対するイメージを破らないようにすることがかんじんです。鼻をクンクンならして、せまい箱の中でのたうち廻るなど、子供や犬ならいいかも知れませんが、教祖には最も不適当ですな」

言わせておけば、のしかかって来て、勝手放題なことを言う。角は勃然《ぼつぜん》としておこった。

「そんな窮屈なこと、おれはいやだ！　おれの師匠は、神仙とは、自由自在なものだと言った。だから、おれは仙術を修業する気になったのだ。だのに、現在のおれのどこに自由がある。おれはいやだよ。おれはもうやめる」

ガンガン、ガンガン、ガンガンと、痼癪持ちが町内の火事に半鐘《はんしょう》をつきならすような工合だった。けれども、弟らには一向ききめがなかった。けろりとした顔で、宝は答えた。

「そうはいかんです。太平道を始めたのは、我々三人の意志によって始めたのですが、今日では、太平道は我々の意志以上のものになって居ります。くどくくり返しますが、信徒百五十万、全国に三十六の支部をおき、鬱然《うつぜん》たる社会の大勢力です。我々がやめようとしても、もうやめるわけにはいかないのです。あなたは、一挙手、一投足、教主らしくふるまってもらわなくてはならないのです。自由自在などと、とんでもないことです」

角は利口な人間だから、弟の言うことが、おどかしでもこじつけでもないことがわかった。

彼は、自分自身を、悍馬《かんば》にのって疾走している騎手のように感じた。はじめ馬を出発させたのは騎手であるが、走り出した悍馬は、もう騎手の意志のままにはならない。悍馬自身の意志をもって、曠野《こうや》をわたり、谷をこえ、林をぬけ、河を渉《わた》り、どこまでもどこまでも走って行く。騎手はただおそれおののきながら、鞍《くら》にすがりついているばかりである。

そこで、宝は突如調子をかえた。

「さて、今日、封譚閣下から献上して来た女ですがね。あんなものを教主が、人間なみに愛するということは不適当です。教組は神でなければなりません。人間なみの愛欲など、最もいけません。信徒のイメージをやぶります。信仰をやぶります。ですから、あれは封家に送り返しました」

「送り返した？」

角はおどりあがった。どなった。それでも、弟らは動じない。

「そういう人間的な声を出してはいけません。おどり上るなど、もっとも悪いです」

梁がわきから補足する。

「教祖ですぞ、教祖ですぞ、教祖ですぞ、教祖ですぞ……」

十

角は、聞もなく鉅鹿《きよろく》にかえったが、一月ほどの後の早朝、まだ隅々に暗のこもっている頃、鉅鹿の町からこの村に通ずる街道を、汗馬に鞭《むちう》って疾駆してくる者があった。長途を駆けつづけにかけて来たと見えて、全身ほこりだらけになり、本来は真黒な馬が、鼠色のだんだら縞《じま》という、馬にはめずらしい毛色になっていた。

太平道の本部の正門に馬を乗りつけた騎手は、ふらふらしながら下馬すると、はげしく門を打ちたたいた。

「御注進！　御注進！」

朝の甘睡《うまい》を破られた門番は、目をこすりこすり起き出で門を開けたが、鼠縞の毛色の馬に鼠色の騎手という不思議な相手に、胆をつぶした。

「お前さん、なんじゃ？」

「御注進！　御注進！」

目がくらみ、興奮しきっているその男は、なお叫びつづけた。門番は肩をつかまえてゆすぶった。

「これ、しっかりしなさい！　どこから注進に来なさったのじゃ。かんじんのこと言わんと、わからんがな」

「都、都、都、都……」

上ずった声で言うと、ふらふらとたおれてしまった。

それから間もなく、太平道本部は、鍋の中の湯がわきたつような騒ぎとなった。人のかけまわる音、わいわいいう人声、色々の器物のかち合う音等が雑然とみだれ、幾十人の信徒らががいがいしい旅装をして、頭ばかり大《で》っかい、足の短い中国馬にまたがり、黄色い頭巾をひらひらさせながら門をとび出しては、八方に散らばって行った。

奥まった聖室……

ここには祭壇をもうけ、天帝を祭り、森厳《しんげん》なかざりつけをしてあって、教祖たる角が神の声を聞き、神に語り、最もあらたかな秘法を修する場所となっているのであるが、ここに角と二人の弟とが鼎坐《ていざ》して、秘密会議を開いていた。

都からの急使は、意外なことを伝えた。

弟らがくわしく説明しなかったから、角はあまり事情に通じていなかったが、宝と梁とはついにあの宦官《かんがん》らを陰謀に引き入れることに成功し、彼等が事をおこした場合、宮中からこれに内応する約束を取り結んでいた。しかし、この度そのことについて宦官らから太平道本部につかわした使者が、急におじけづいて政府に密告したので、一切の陰謀が暴露した。

政府は宦官らを捕えて、これを投獄し、同時に京中に大検挙を行って、在京の黄巾の徒にして捕縛されるもの数十人に及んだ――というのが、注進の内容だった。

「おれは知らんぞ、それほどのことを、一言半句も知らさんとは、あまりではないか！」

と、角は不平を言った。

さすがの宝も、今日は元気がなかった。

「まあ、そうおこらんで下さい。しかたがなかったのです。兄さんに知らせれば、きっととめるに違いなかった。しかし、いくら兄さんがとめたところで、どうにもならなかったのです。事は我々の意志よりも、信徒全体の意志になっていた。つまり天の意志だった。兄さんに知らせることは、いたずらに事を面倒にするばかりだと、私は思ったのです」

いくら宝がしおらしげに言っても、脆弁《きべん》にすぎないと、角は思った。益々腹が立った。なお言おうとして、口をとがらすと、わきから粱が口を出した。

「すんでしまったことをかれこれ言ったって、しようがないじゃありませんか。当面の重要なことは、我々はこれからどうすればよいか、ということです。早晩政府の追討軍が押寄せるに違いないが、おとなしく降参して、八ツ裂きの刑に処せられることに甘んずるか、力をもってあくまでも抵抗するか、途《みち》は二つしかないわけですが、どちらにします」

密議は、一時間にわたってつづけられた。その結果、立って戦うことにきまった。三十六の支部にたいして急を告げる使者がとんだ。本部近くの信徒らに、早触れがまわされた。

「宗門の一大事が出来《しゅったい》した。武装して本部に集まれ！」

信徒らは、われもわれもと本部に馳せ集まった。かねてからたくわえられていた武器が配布された。昼夜兼行で、本部には修築が行われた。

三日にして、本部は堅固な城砦《じょうさい》と化した。厚く高く、壁が築きなおされ、望楼があげられ、塀がめぐらされ、さまざまな呪文や、景気のよい文句や、民に善政と幸福を約束する文句を書いた黄色い旗が、林のように立てられ、城内には黄色い頭巾をかぶった信徒らがうじゃうじゃと集められた。

あらゆるものが黄色に彩《いろど》られたその大城砦は、菜の花畑やカボチャの花のむらがりどころではない。はるかに遠望していると、こちらのからだも黄色く染まってしまいそうであった。

今や、太平道教団は、純然たる軍隊組織となった。総大将は天公将軍と呼び、角がなり、次将は地公将軍とて、張宝が任じ、三将は人公将軍とて、張梁が任じた。

三十六支部は、本部に集まることが出来るものは本部に集まり、色々の関係上それの出来ないものはその土地にあって兵をあげ、それぞれの支部長が将軍となった。

勢いにおそれて、鉅鹿《きょろく》とその附近の都市の県長らは逃亡してしまった。

勢いは雪達磨《ゆきだるま》のようなものだ。官吏らが逃亡したと伝わると、教団の信仰にはなんの関係もない地方のごろつきや、仕事ぎらいの百姓や、騒ぎに乗じて一旗上げようという冒険者共などが、われもわれもと加入して来て、軍威は益々あがった。

最初の戦いは、涿《たく》郡の大興山で行われた。

おしよせた官軍は十万余騎、大将は涿郡の太守劉焉《りゅうえん》。

張角は五万余騎をひきいて、大興山を本拠として、兵を二手に分け、自ら一万騎をしたがえて山上にかまえ、地公将軍と人公将軍に二万騎ずつをひきいさせて、山麓《さんろく》の密林中に埋伏《まいふく》させた。

兵数が懸絶《けんぜつ》しているので、劉焉は黄巾軍をあなどった。備えもたてず、山上めがけてまっしぐらに攻めかけた。

山上からこれを望見していた張角は、適当なところまで敵が押しよせると、パッと手を上げて合図した。

ドロロンドロロンと太鼓が鳴りひびき、大きな黄色の旗が打ちふられた。すると、かねて打合せのあった山麓の右翼軍は、密林中の埋伏所をおどり出し、横ざまに官軍を衝おった。

いた。

不意を打たれて、官軍は一たんみだれたが、比較にならない大軍なので、すぐ立ちなおった。

また山上で、ドロロンドロロンと太鼓がなり、黄色い旗がふられた。

張梁の勢《せい》が埋伏所を出て、官軍をついた。同時に、張角は山上から雨のように矢を飛ばし、敵が浮足立つとみるや、一万の兵をひきい、急峻な傾斜を、百雷のくずれかかるような勢いでおそいかかった。

十万の軍は七花八裂《しっかはちれつ》、ちりぢりばらばらになって、潰走した。

「ほーら行け。ほーら行け……」

太平道軍は、狩場の獣を追いかけるように、追いつめ、追いつめ、敵をたおした。

勝利は、今や確実であると思われた。

その時、どこから湧いたか、忽然《こつぜん》として一団の軍兵があらわれ、勝ち誇った太平道軍を蹴散らし、張角の本陣にせまって来た。

兵数はわずか五百人ほどだが、驚くほど強い。鍛えぬき、すぐりぬいた、鋼鉄でこしらえた鉄人の群といってよろしい。行くところ、過ぐるところ、黄色い頭巾をかぶった太平道軍は、一あてに蹴散らされ、右往左往してにげまどった。黄色い花の花ビラが散るようであった。

「ものものしや！」

張角は馬をはげまして、立ち向った。

鉄人の群の先頭には、三人の将軍がいて、馬をならべ、最も勇敢兇猛に戦っていた。真中にいるのが一番えらいように見えた。色の黒い、でぶでぶとふとった、眼ばかりいやに光る男である。左右の手に一口《ひとふり》ずつの剣をもち、水車のようにまわして、太平道軍の兵の首をはね、唐竹割り、胴切りにして、あばれ廻る。

その左手にひかえたのは、下ぶくれの太った、おそろしく赤い顔をした、頬ひげあごひげともに長い大男である。べらぼうに長く大きな青竜刀をひっさげていた。すばらしい腕力だ。その青竜刀をふり廻す時は、ただ見る白虹が閃々《せんせん》とうずまくようで、その前に立つものは、人であろうと、馬であろうと、首がとび、足がとび、腕がとび、胴がちょん切られた。

主将の右手にひかえた男は、全身筋肉のかたまりのような大男である。青黒い猛悪な顔をし、眼は巌下の電雷の如く、髪は燃えたつように赤い。一丈八尺の、大身の槍をひっさげて、突く、薙《な》ぐ、払う、たたきつける、阿修羅王のものすごさであった。

張角は弓に矢をつがえ、例の呪文を唱えつつ引きしぼったが、ふと敵ながらあっぱれな男らを、このままむざむざ殺すのは気の毒と思った。矢をはずして、大音に呼んだ。

「我こそは、天公将軍張角であるが、三人の将軍の名を聞きたい」

馬をならべて、疾駆しつつあった三人は、ぴたりととまった。

真中のが、鐙《あぶみ》をふんばり、鞍壺《くらつぼ》に突ったち、大砲のような声で叫んだ。

「わが輩は劉備《りゅうび》、字《あざな》は玄徳、この前までは、この郡の硬派不良少年の団長。今では義勇軍五百人の総大将だ」

次に、赤ッ面のヒゲ男が、雷鳴のような声で名のった。

「わが輩はその弟分、関羽、字は雲長。義勇軍の副隊長」

三番目の赤ヒゲ男が、ひどいガラガラ声でどなった。

「おいらは張飛、字は翼徳《よくとく》。これまで豚屋と居酒屋を兼業していたが、今は義勇軍の三隊長。おいらッちの威勢に恐れ入ったら、早く降参しろい」

もし、張飛がガラガラ声でなかったら、張角もほどよくあしらって引き上げたかも知れないが、その知性のない、変に疳《かん》にさわる声でどなられると、むかむかするものが突き上げて来た。

彼はいきなり馬をめぐらしてにげ出した。戦術的逃走であった。普通のやっつけ方をしたのでは面白くないから、キリキリ舞いさせてやろうと思ったのだ。そんなこととは知らないから、三人は馬首をそろえて追いかけて来た。

馬に鞭うち、角《かく》（鐙《あぶみ》の角、今なら拍車）を入れて逃げながら、張角は呪文をとなえた。

「我は無限大、彼は無限小。我は無限大、彼は無限小……」

三人は、後に天下の豪傑として、勇名を後世に馳せた人物だ。馬術だってなかなかたくみである。しかし、術にかかっているから仕方がない。こんな馬鹿なことがあろうかと、気づいた時は、張角は早くも山頂に達しているのに、こちらはまだ山麓にまごまごしていた。

山頂に達すると、張角は馬を下りて、突兀《とっこつ》たる岩石の上に立った。剣をぬいて、たてに空《くう》を切り、横に空を切った後、瞑目して祈禱を捧げた。

天をさして真直ぐに突っ立っている剣刀切ッ先から、一筋の煙が真直ぐに立上りはじめた。糸筋のように細々としたその煙は、途中まで上って、そこでくるくるとまわりはじめ、次の瞬間には墨を流したような一朶《いちだ》の雲となり、くるくると旋回しはじめた。見る間に、厚く大きくなる。雲の中に鉄車の転ずるような轟音が、とどろとどろと鳴りはじめた。その黒雲の中に、きらきらときらめくものがあった。

よくみると、金甲《きんこう》をよろった一団の神兵であった。なかば雲につつまれた神兵らは黒い雲の間にさんぜんたる鎧《よろい》や冑《かぶと》を、ある時ははっきりと、ある時は靄《もや》に包まれたようにおぼろに見せながら、ワッ！と、鬨《とき》の声をあげると、一斉に矢を山麓の義勇軍に向かってはなった。黄金《こがね》、白金《しろがね》、矢はすきまなく飛んだ。

義勇軍の三将軍は胆をつぶした。

「退却退却、タイキャーク！」

と、どなりながらにげ出した。

この日の戦闘は、両軍互いに勝敗があったが、太平道軍の方は死者が千人位、負傷者が二千人位のものだったのに、官軍の方は、十万の兵が九万に打ちなされていた。

だから、損失の上から言っても、戦いの気勢の上から言っても、太平道軍に勝味があったと言うべきである。

十一

翌日、官軍はまた攻めて来た。

張角は、今日は兵を出さないで、術だけであしらってやろうと思った。彼は、敵軍が平野を金鼓《きんこ》をならしながら堂々と行進して来るのを見ると、昨日の岩の上に立って、パッと片手をふった。

すると、くまなく晴れていた空はみるみる薄曇りして、習々《しゅうしゅう》たる冷風が戦《そよ》ぎ出し、薄曇は刻々に厚くなり、濃くなり、ついには墨を流したようになり、沛然《はいぜん》たる豪雨となって降り出した。鉄衣のすきまからしみ通る雨に、官軍の将士らは凍えるように寒くなった。

彼等は野の真中で行進をとどめ、武器をおいて、足ぶみしたり、身体をゆすったり、指先に息をはきかけたりして、暖をとりはじめた。

張角ははるかにこれを見て、ほくそえんだ。今度はつめたい風をふきつけて凍えつかせてやろうと試みたが、どうしたことであろう。今まで車軸を流すようにふっていた豪雨がピタリとやむと、空を覆う雲は、端の方から、紙を巻くように晴れ上って、暖かい陽光がさんさんと野を照らしはじめた。

「はて、いぶかしい」

眼をみはって、目のおよぶかぎりの世界を見まわした。

すると、張角の立っている大興山のはるかに向うの頂き、虚空を斜めに横切る美しく巨大な虹の片足がおちるところに、小さい黒い人影が、ポツリと見えた。

ひとみを定めて凝視すると、金甲をさわやかによろった一人の武者が、岩の突角の上に直立して、印をむすんでいた。

角は、容易ならぬ敵であると思った。

彼は、相手の顔を見てやろうと思った。呪文をとなえた。

「我は無限小、彼は無限大、我は無限小、彼は無限大」

見る見る、相手の姿は拡大して来た。さんらんとして輝くばかりに美しい鎧をまとっていることがわかった。巨大な真珠を白い花の咲いたように集めて、前立《まえだて》とし、長い雉《き》子《じ》の羽根をかざしている冑をかぶっていた。冑のしころの下から、みどりの黒髪が波うち流れていた。しかし頬当をあてているので顔は見えなかった。眼だけが見えた。白い清らかな皮膚にぱっちりとあいている眼裂《がんれつ》の中に、黒味がちな眸子《ひとみ》の澄んでいる眼であった。

まだ若武者だと思った。じっと見つめているうちに、その眼に見おぼえがあるような気がしたが、誰であるか思いつかなかった。

ふと気づくと、その若武者が弓に矢をつがえ、切ってはなった。矢はずんずんこちらに飛んでくる。

角は自らも弓をとって、矢をつがえ、呪文をとなえ、敵の矢じりを目がけて放った。二つの矢は、秋の日の美しく照り輝く虚空を、たがいに矢竹を光らせながら、距離をせばめて行った。

不思議なことがおこった。二つの矢は、吸い着き合うように、両方から接近したと思うと、鏃《やじり》と鏃とがカチリとふれた。そして、くだけて、矢羽をひらひらとひらめかせながら、秋の野に落ちて行った。

次には、角の方から矢を放ってみた。すると、先方も応射した。同じ結果があらわれた。

「一体、何者であろう」

角は深い思案にくれた。彼の妖術を破り、彼の射術をあのような形でふせぐものが、この世にあろうとは、思われないのであった。

十二

その日は、両軍ともに、物別れとなった。

角は、敵中にあんな男がいては、とてもはかばかしい戦さは出来ないと見た。その夜のうちに兵をまとめて退却にうつり、江南に向った。

その行軍中のことである。

突如、角は、

「アッ！　あれは玉鳳だ！」

と、叫んだ。

胸がとどろき、汗が流れた。それは天来の啓示であった。

角は、終夜、寝もやらず、物思いにふけった。太平道のあらゆる計画、あらゆる野心、すべては彼の胸の中で、がらがらとひびきをたててくずれた。

これまでとて、彼は自ら好んで乗り出していたわけではなく、弟らの野心や、情勢に制せられて、中心人物として立っていたのであるが、今はもう心の底からいやになった。

彼ははなはだ不熱心な将軍となった。軍議の席でも、ほとんど口をきかなかった。するどい弟らは、この変化がわかったようだった。厳重な監視がはじまった。角の陣営を護衛する兵は二倍にふやされた。外敵に備えるためでなく、角の逃亡を防ぐためであった。

弟らのこの心理を、張角は鏡にうつすよりもハッキリとみてとった。

心中せせら笑った。おれの意志を防ぐことが出来ると思うのかと、おかしかった。

彼は機会をねらった。しかしいい機会は、なかなかなかった。

この頃では、弟らも巧みに妖術を使うようになっているので、急所急所にふせられた哨戒線は、角の心理の動きや実際の行動を、電波探知機ほどに敏感にキャッチするのであった。

ある夜、それはもう冬近い、大気のさえた夜であった。

角は幕舎の外に出て、逍遥《しょうよう》していた。ふるように星の美しい夜であった。

空一ぱい、花が咲きみだれたように、さまざまの大きさ、さまざまの色、さまざまの光をした星が、ちらばりきらめいていた。

角は長嘯《ちょうしょう》しながらそれを眺めていたが、驚いたことに、突然、その星がグルッと半《はん》天《てん》ほどうごいた。

「オヤ！」

と、思った時には、もう前にかえっていた。

この天変を、

「一体、ほんとうにあったことだろうか、それとも、単なる錯覚だったろうか？」

と思い迷っている時、それらの星をかげらして、一羽の大きな鳥が飛鳴してすぎた。

鶴の声であった。

長く余韻をひくその鳴声を聞いた時、心がカッと熱くなった。火の燃えついた気持だった。

角は、頭にまいた黄巾をとって、サッと夜空になげうった。すると、布はそのままに一羽の鶴となり、遥かに飛びすぎた大鳥の後を追った。

ながい首をならべ、巨大な翼をならべた二羽の鶴は、ある時は羽ばたき、ある時は翼をひろげたまま滑走し、互いに鳴きかわしながら、西へ西へと飛びつづけ、朝日の光が高い山の頂きをそめる頃、峨眉山《がびざん》の上に達し、翼を閉じて下り立った。そして、ながいくびをのばし、長いくちばしを空に向け、朗然として長鳴《ちょうめい》したが、忽ち化して、二つの人間となった。

張角と、玉鳳であった。

嫣然《えんぜん》として、玉鳳は張角をかえりみた。

「天機が、はじめて熟しました」

二人は手をつないで歩きだした。下界はまだ夜の色が深く、高い山の頂きだけが明るく、山々の谷や襞《ひだ》には杳然《ようぜん》として雲がたちこめ、歩く二人の足もとから、白雲が湧きおこった。

本作品中に差別的ともとられかねない表現が見られますが、著者がすでに故人であることと作品の文学性・芸術性に鑑み、原文のままとしました。

（春陽堂書店編集部）

『天正女合戦』覚え書き

初　出
①天正女合戦　「オール讀物」（文藝春秋）昭和11年4～7月号
②武道伝来記　「日の出」（新潮社）昭和11年3月号
③蘭陵の夜叉姫　「小説倶楽部」（桃園書房）昭和27年3月号
④鉄騎大江を渡る　「小説倶楽部」昭和27年4月号
⑤天公将軍張角　「小説倶楽部」昭和27年5月号

初刊本
①天正女合戦　昭和11年8月　春秋社　※「海の荒鷲」「双燕譜」を併録
②恥を知る者　昭和11年8月　新小説社《股旅小説全集8》
※「恥を知る者」「道中役者」「転墮いんへるの」「武士道うらおもて」「さびしき人」「渡世仁義」「寛永ばなし」「二人剛情」を併録
⑤天正女合戦　昭和29年2月　春陽堂書店《春陽文庫》
③④美女と黄金　昭和29年8月　北辰堂
※「美女と黄金」「崑崙の魔術師」「天公将軍張角」を併録

再刊本
①天正女合戦　昭和15年3月　春陽堂書店《春陽文庫》※「鳥も通わぬ」を併録

②武道伝来記　　昭和16年5月　教育社《歴史文学選書》
※新小説社版『恥を知る者』の改題再刊
①天正女合戦　昭和29年2月　春陽堂書店《春陽文庫》　※「天公将軍張角」を併録
①茶道太閤記・哀婉一代女　昭和45年9月　朝日新聞社《海音寺潮五郎全集8》
※「茶道太閤記」「哀婉一代女」「本朝女風俗」を併録
③④⑤蘭陵の夜叉姫　昭和61年9月　旺文社《旺文社文庫》
※「美女と黄金」「崑崙の魔術師」を併録
②武道伝来記　平成2年11月　光文社《光文社文庫》
※「元禄侍気質」「戦雲」「法皇行状録」「さくら太平記」「兵部少輔父子」「蝦夷天一坊」を併録
③④⑤中国妖艶伝　平成3年6月　文藝春秋《文春文庫》
※「妖艶伝」「魚腹剣・中国剣士伝」「軑侯夫人の時代」「遥州奇人伝」「美女と黄金」「崑崙の魔術師」を併録

（編集・日下三蔵）

春陽文庫

天正女合戦《てんしようおんながつせん》

2023年9月25日　初版第1刷　発行

著者　海音寺潮五郎

発行者　伊藤良則

発行所　株式会社　春陽堂書店
〒一〇四―〇〇六一
東京都中央区銀座三―一〇―九
KEC銀座ビル
電話〇三（六二六四）〇八五五（代）

印刷・製本　株式会社　加藤文明社

乱丁本・落丁本はお取替えいたします。

本書のご感想は、contact@shunyodo.co.jp にお願いいたします。

定価はカバーに明記してあります。

ISBN978-4-394-90458-8　C0193